# あはぁたれ

但馬物語

かすみ風子

遊絲社

目次

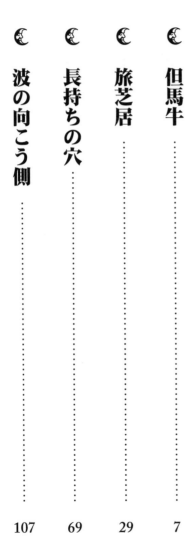

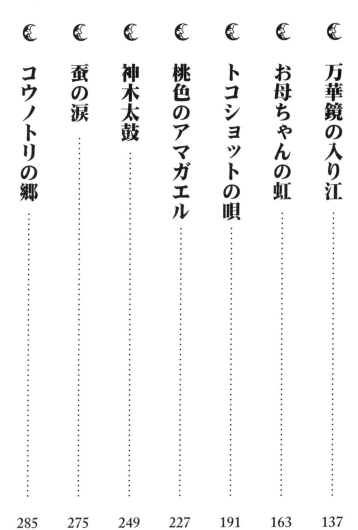

カバー装画◎かすみ　風子

# 但馬牛

ポン　ポン　ポーン
叩《はた》いているチョークの粉《こな》はもう出ない。教室の窓から、ウミネコのいる岩場の近くを弟の明が走っているのが見えた。

「さいならー」

陽子は、日直の仕事を終えると、急いで四年の教室をとびだした。

二・四・六・八・十・二・四・六
学校の石段を一気にかけ下りる。三月も半《なか》ばだというのに吐《は》く息が白い。但馬《たじま》の春は、時どき気まぐれに冬を連れ戻す。陽子は走りながら鼻水をすすり上げた。

浜沿《はまぞ》いの県道をトラックが砂ぼこりを上げて向かって来た。あわてて石橋を渡り右に折れる。五時の貨物列車が勢いよく煙を吐いてトンネルを出てきた。

「ただいまー……牛は?」

牛がいない。戸口は開《あ》けっぱなしだ。

「西の小屋だわいや」

と、奥の台所からおばあちゃんの声が返ってきた。お母ちゃんの留守に子牛が産まれるかもしれない。急いで西小屋へ回ると、普段は常備野菜《じょうびやさい》や農機具でいっぱいの小屋がすっきりと片付けられ、土間《どま》の柱に母牛がつながれていた。少し離れた場所にわらの山ができている。

ドッサーッ
とつぜん、わら山の上に一年生の明が飛び下りてきた。

「危《あぶ》ないだらー」

陽子は、弟のお尻《しり》を思いっきり叩《たた》いた。こんな日に怪我《けが》でもされたら大変だ。

陽子は、わらの束《たば》をつかんで押し切りに乗せた。

サクッ　サクッ　サクッ
大きな刃が一刀でわらをきざんでいく。これはいつもならお母ちゃんの仕事だ。指を落とさないようにと、陽子の目は真剣そのものだ。

ンモーォ　ンモーォ
パタパタと牛が落ち着かなくなった。

「始まったかいや」

おばあちゃんが入ってきた。母牛の足元にかがむと素早く細長い乳首をにぎった。

シューシュー
先っぽから、白っぽい水。

「あっ、牛乳や牛乳……」

「しー。このあはぁーたれが。大声出したらあかんだ」

乳でぬれたしわくちゃの手が明の口をふさいだ。

「味なー」

明は、ペッペッと、土間につばを吐いた。

「出口も緩《ゆる》んどるし、乳も出ただしけ、今晩中に産まれるだらぁーで。早くわらを敷《し》いてやらぁーで」

おばあちゃんは、今までにたくさんの子牛を産ませていたが、陽子と明は、一度も産まれるところを見たことがない。今年こそ……と、わらを敷く手が速くなる。母牛は、前足を折り曲げてから「どでん」としんどそうに座りこんだ。


この日、姉ちゃんは、汽車ではるばる京都まで見合いに行っていた。付きそいのお母ちゃんも今日は帰って来ない。

「見合いがうまくいきますやぁーに……。おんなめ（雌牛《めうし》）が生まれますやぁーに……」

おばあちゃんは、仏さんのご飯をいつもより山盛りにして拝んだ。

「おんなめだったら、革《かわ》のグローブ買ってもらう」

「うちは、紐《ひも》がついた運動ぐつ」

「何をぜえたく言っとるだぁ。今のでまにあっとらぁーがな」

おばあちゃんは、めったなことで「うん」と言わない。布グローブもゴムぐつも破れてはいないのだ。

「子牛を売ったお金は、姉ちゃんが嫁《よめ》さんに行く時にいる大事な大事なお金だ」

財布《さいふ》の紐を握《にぎ》っているおばあちゃんはきっぱりと言った。

「赤ちゃんを産むときは、母牛は気がたっとるしけ、子どもらは来たらあかんだ。産まれたら呼んだるしけ」

夕食がすむと、おばあちゃんは、一人で小屋に入った。

家の中にも、時どき母牛の苦しそうなうなり声が聞こえだした。明が懐中電灯を持って裏口から出た。陽子も後《あと》に続いた。

小窓の中では、裸電球《はだかでんきゅう》に照らされた母牛の角《つの》が激《はげ》しく動いていた。

「大変だー」

おばあちゃんが母牛の足元にうずくまっている。二人は急いで表側に回った。

「おばあーちゃーん」

手ぬぐいをかぶった顔がふり向いた。おばあちゃんは、少し出ている赤ちゃん牛の小さな前足にロープの片方を巻きつけていたのだ。

「ええとこに来てくれた。大きな赤ちゃんだしけ、ちょっとだけ手伝ったるだぁー」

おばあちゃんの首を汗が伝っていた。

「ええか。かけ声に合わせて、そっちの紐を引っ張るだ。牛の動きをよー見とらんな死んじまうだぁー」

「うん」

うなづいた陽子の腕《うで》に緊張《きんちょう》の鳥はだが立った。

「そーれ　そーれ」

母牛の息がだんだん荒くなる。

「そーれ　そーれ　そーーーれぇ」

赤ちゃんの頭が前足に乗っかって出て来た。

「もうちょっとだしけがんばれやー」

おばあちゃんは、母牛の腹《はら》にほっぺたを当て、大きな手でゆっくりとさすった。

「そーーーれ　それっ」

スポッと、最後に腰《こし》が出た。ずるーと袋を引っ張ると、骨の浮き出た真っ黒の体から、ほやほやーと湯気《ゆげ》が上がった。

赤ちゃんが、おばあちゃんの逆《さか》さづりで飲んでいた羊水《ようすい》を吐いた。

メエー　……メエー
「おんなめだわいや。八貫目《はちかんめ》は（三十キロ）あるだらぁーで」

おばあちゃんは、細い目をますます細くした。

「でかした、でかした」

お湯で牛をふきながら、おばあちゃんは、何度も繰《く》り返した。大きなおんなめは、こって（雄牛《おうし》）の四倍以上の高値《たかね》で売れる。その上母牛は、よしづるという血統書《けっとうしょ》付きの但馬牛なのだ。時どき母牛は、なめるのを止《や》めて赤ちゃんの体を顔で押す。

「ばんざーい」

やっとのことで立った赤ちゃんは、すぐお乳に吸い付いた。

この夜、陽子と明は、西小屋のわら布団《ぶとん》で寝た。月の明かりが子牛のシルエットをくっきりと映し出していた。

※

陽子と明のお父《と》っちゃんは、一年の半分《はんぶん》は百姓と漁師《りょうし》で、残りの半分は京都で杜氏《とうじ》をしている。冬場の酒造りは忙しいので、正月でも帰ってこない。そのお父っちゃんが、三日前、やっと帰って来た。

「いつまで寝とるだー」

お父っちゃんの雷で飛び起きた陽子と明は、急いで山行きの服に着替《きが》えた。毎年、五月最初の日曜日は、ま屋肥運《やごえはこ》びと決まっていた。冬の間、牛小屋でふみ固められていた糞とわらを、雪が消えるとお母ちゃんが庭に高く積み上げる。それが、田の仕事が始まる頃には、発酵《はっこう》していい肥料《ひりょう》になっていた。

陽子も明も、大きなおにぎりを二個ずつ食べた。ま屋肥運びは重労働なのだ。それなのに姉ちゃんは、婚約した彼に会いに京都に行っていて留守だった。

山になったま屋肥がくずされるたびに湯気と一緒《いっしょ》に強れつな臭《にお》いが立ちこめた。子牛が戸口の横木に首を乗せてお父っちゃんを見ていた。

「メリーも連れてっていいかぁ」

と、明が聞いた。山の田んぼは、メリーの大好きなレンゲ畑《ばたけ》になっていた。お父っちゃんは、

「メリー？　なんだそりゃあ。売る牛に名前はいらん。今日は四回往復するだで子牛はじゃまだ」

と言いながら、母牛だけを小屋から出した。お母ちゃんは、車に積んだ山盛りの肥《こえ》に古いむしろをかぶせながら、首をふって見せた。

大八車は、母牛に引っ張られてゴトゴトと動き出した。お父っちゃんがかじ棒を持ち、

お母ちゃんはその横で綱《つな》を肩にかけて引っ張った。後ろを押すのは子どもの係りだ。肥の臭《くさ》さはしばらくがまんすると慣《な》れるが坂道はつらい。陽子は服の袖《そで》で汗をふいた。

牛が道ばたの草を食べ始めた。

「あっ」

明の指さす先に、カエルがヘビに半分飲み込まれているのが見えた。

「やめとけぇー」

お父っちゃんの声より先に陽子はトノサマガエルの体を引きぬいた。

「マムシだったらどうするだー」

お母ちゃんは、ヘビやカエルが大の苦手だ。

モ――――ォ
じょうきげんの出発合図だ。カエルは、ヘビと反対側にジャンプした。牛は少し早足になった。

※

あまりの暑さにアブラゼミの鳴き声が止まっていた。

コショコショコショコショ……ハエが昼寝をしている陽子の鼻と口のあたりをはい回っている。

陽子は目をつぶったまま両手を広げた。

　バチッ
「何するだぁー」

　手がおばあちゃんに当たってしまった。命拾いしたハエが逃げた。寝ていたみんなが起きた。

「ヨモギを入れてこいや」

　助け舟はお母ちゃんだ。半乾きのヨモギをくすべて牛小屋の力を追い払うので、乾く前に取り入れるのだ。

　堤防《ていぼう》に広げてある草をひっくり返しているとき、陽子は子牛と一緒に海に入って行く六年生の真治を見つけた。二人は、急いでヨモギだけを拾って袋に詰めると、それを担《かつ》いで走り出した。

「泳がすんだかぁ？」

「この暑いのに牛だって海水浴したいだらー。ほらー、気持ちええだらー」

　真治は、子牛に掛けていた水を陽子たちにもかけてきた。

「陽ちゃん、メリーも入れたらーで」

「うん。でも内緒《ないしょ》だでー」

二人はヨモギを西小屋に入れると、そこで水着に着替え、首綱《くびづな》をつけたメリーをそっと浜に連れ出した。

「ウミネコ岩まで競争しょうや。メリーが勝ったらグローブ貸したるしけ」

「するする」

明は、真治の挑戦にすぐオッケーを出した。真治は、黒光りした革グローブを持っていた。元はプロの選手が使ってたと、自慢《じまん》のグローブなのだ。

「あそこは深いし……やめとこぅ」

真治の子牛は、メリーよりも体が大きくて力の強いこって雄牛だから勝ち目はないと陽子は思った。

「心配いらんちゃ。明が岩の上で手を下ろしたら出発するしけ」

と言って、真治は踵《かかと》でスタートラインを引いた。審判《しんぱん》にされた明が五十メートルほど沖のウミネコ岩に立った。

「よーい、ドン」

明の合図で、二頭の子牛は遠浅の海を歩き出した。引っ張られている手綱《たづな》がぴしゃぴしゃと鼻に当たる。メリーはイヌカキで泳ぎだした。半分ほど来た所で陽子の背も届《とど》かなくなった。ここからは横泳ぎで引っ張る。

「がんばれーがんばれー」

明の声援《せいえん》を波と風がさらっていく。時どき海水を飲みながらもなんとか岩の近くまで来ていた。真治の子牛は、首綱がほどけたのか、子牛だけが浜に向かって泳いでいた。

「戻ってこーい」

浜で怒鳴《どな》っているのは、真治のお父ちゃんだ。

橋の所でロープを振り回しているのは……。誰《だれ》かが告げ口をしたらしい。

「大変だー」

明が飛び込んだ。二人はメリーを引っ張って浜を目指した。

父親になぐられた真治は、ほっぺたを押さえ、肩をひくひくさせながら帰って行く。

お父っちゃんは何も言わない。二人の手首をロープでくくり、日陰《ひかげ》の杭《くい》にメリーと一緒につなぐと、腰のタオルで鉢巻《はちま》きをした。

お父っちゃんは、恐い顔のまま天草採《てんぐさと》りに海へと出て行った。入れ替わるようにしてお母ちゃんが浜に来た。

「みんなに心配かけてからに、困った子らだ。おばあちゃんが来てくんなるまでそこでおとなしぃしとんねぇ」

ちょっと眉《まゆ》をしかめると、二人の口へ飴を一つずつ入れて帰って行った。

メリーがひょいと尻尾《しっぽ》を持ち上げた。

「陽ちゃーん」

明が泣きべそをかいて立ち上がった。シャーと滝のようなオシッコが、二人の足を通ってみるみる砂に染《し》み込《こ》んだ。その甘い匂《にお》いに誘《さそ》われたのか、砂穴からコメツキガニが一瞬《いっしゅん》顔を出した。

パタパタとよく動くメリーの尻尾に叩《たた》かれないように体を移動する。メリーの腹に二匹のアブが食《く》らい付いた。尻尾でも届かない。足でけり上げても届かない。

パッチーン
アブは、赤黒い血と一緒に二匹ともおばあちゃんの手の平でつぶれていた。

「助けに来るのが遅すぎだぁ」

半《はん》べその明が口をとがらす。西の雲は夕焼け色に変わっていた。

「陽子がついとって牛に恐《こわ》い思いさせるって、どうゆうことだ」

「海水浴は体にええって、おばあちゃんはいつも言っとらぁがな。メリーも喜んどったし
……でも、ごめん」

陽子は、ロープを解《と》いてもらうと、ぺこりと頭を下げた。手首に少しだけ赤い筋が残った。

「深い所まで行き過ぎだ。ずっと前だけど隣村の子どもらが遊んどって牛を溺《おぼ》れさせたこ

とがあっただ。小学生にもなって危ねぇかどうか分からんのか、このあはぁーたれが！」

おばあちゃんが二人のお尻を叩《たた》いた。砂がぱらぱらと落ちた。

陽子と明は舟着場に向かって走った。お父っちゃんの舟がだんだん近づいてくる。大漁《たいりょう》の天草《てんぐさ》が舟べりから盛《も》り上がって見えた。

「おかえりー」

お父っちゃんは、タオルを夕焼け雲に当たりそうなぐらい大きく回した。

※

おばあちゃんは、指ほどの太さのネズの木をU字型《ゆうじがた》に曲げてメリーの鼻づら（鼻木《はなぎ》）を作っていた。

「何時《いつ》つけるん？」

「昼飯《ひるめし》食べてからだわいや」

鼻に穴を空《あ》けて木を通すと、メリーが売られる日が近い。

「すげぇー恐がってあばれただー」

鼻づらをつける所を見た真治が実演して見せた。その真治の子牛は、昨日売られて行った。

陽子は、遊びに行くふりをして誰にも見つからないように西小屋に入った。木戸には大きな節穴《ふしあな》が一つあった。

お父っちゃんは、メリーの首を抱《かか》え込《こ》むと、左手であごの下を握《にぎ》り締《し》めた。メリーが歯《は》茎《ぐき》を見せてもがいた。

「尻尾を引っぱれー」

お父っちゃんのゲジゲジ眉毛が吊り上る。メリーが体をねじって暴《あば》れるので、お母ちゃんの細い体はじっとできない。

「付け根をちゃんと持て。牛が怪我をしたらどうするだぁー」

メリーは、ゲェゲェー言いながら母牛に助けを求めている。母牛は、鳴きながら大きな角《つの》で牛小屋の戸にぶつかっていた。

やっとメリーの動きが止まった。おばあちゃんが火の中から真っ赤に焼けた火箸《ひばし》を取り出し、お父っちゃんの右手に渡した。

「キャー……」

陽子は自分の口に手を当てた。メリーのよだれは、桜色からだんだんに濃くなってだらだらと流れている。倒れかけたメリーの体をお父っちゃんの太い腕が抱《だ》きとめた。おばあちゃんは、火箸を引き抜いた穴にU字型の木を差し込み、両端《りょうはし》を木で挟《はさ》んで留《と》めた。お母ちゃんはまだ尻尾を握って顔を背《そむ》けていた。

「これでおまえも一人前だ」

「よーがんばったわいや」

おばあちゃんとお父っちゃんは、メリーの背中をピシャピシャと叩《たた》いてから家の中に入った。

メリーは、しきりに長い舌《した》を鼻の穴に差し込んでなめている。

「出てきて大根の葉っぱでもやり」

火の始末を終えたお母ちゃんが小屋の前に立っていた。さっきの悲鳴でばれたらしい。

陽子は、畑《はたけ》から一番青々とした大根を抜くと、葉を口に持っていった。メリーは、体を引いて舌だけを伸ばしてきた。

モシャ　モシャ　モシャ
白い根っこが小さくなってもまだメリーの目はおびえていた。

※

おんなめ雌の市がたつ日、メリーの体重は二百キロにまで増《ふ》えていた。

頭から角《つの》の先が見えている。

「気品もあるだし、肩から尻までが真っすぐだしけ、今年はええ値がつくわいや」

但馬牛

今日のお父っちゃんは、朝からきげんが良かった。

陽子は、伸び上がってナツメの木に繋《つな》がれたメリーのおでこやのど辺《あた》りをかいてやった。

ふいに陽子の口にぬれて冷たい鼻ずらが押し付けられた。

「こら、ねぶったらあかんがな」

陽子は、ペッペッとつばを吐いた。

「降《ふ》らんうちに向こうに着かぁで」

子牛の市は、山を一つ越えた村で開《ひら》かれる。西の空が少し暗くなっていた。

陽子は、お父っちゃんに付いてメリーを売りに行くので学校を休んでいた。

「ええ家にもらわれるだぁーで」

ブラシをかけながら、お母ちゃんがしんみりと言った。おばあちゃんは、切った大根を手の平に乗せてメリーに食べさせた。

モーォ　モーォ
牛小屋の中で母牛が鳴いた。母牛の長いまつ毛が濡《ぬ》れて目が赤くにごっている。別れを知っているのだ。

メリーは、母牛の声が聞こえなくなるたびに立ち止まって動かなくなったが、大きな耳が母牛の声を拾うと、またトコトコと歩き出した。

峠《とうげ》の山道にさしかかると、手綱《たづな》は、お父っちゃんが握った。

「急ぐだでしっかり付いて来い」

お父っちゃんは、メリーのおでこをかいてやった後、むずっと、ひたいにげんこつを押し付け、綱で一発打《ぶ》った。もうメリーは後ろを振り向かない。横目で陽子を見ながら歩いている。スンスンと吐く息が陽子の上に落ちてくる。

マァーッ　マァーッ
峠のてっぺんで、メリーは海に向って甲高《かんだか》く二度鳴いた。もういくら耳をすましても母牛の鳴き声は聞こえてこない。その時、陽子が爪《つめ》にはさまった小石を見つけた。

「今、取ったるしけ、ちょっと待っとれ」

お父っちゃんは、優しく声をかけて道端《みちばた》のササを折った。軸《じく》でこねると、石はすぐに取れた。

それでもメリーの目に涙《なみだ》がたまっていく。

破れた空からも大粒《おおつぶ》の雨が落ちだした。

※

メリーが売られてから初めての大安の日曜日は、朝から青い空が広がっていた。今日は姉ちゃんの結婚式。陽子と明も新しい服に着替えた。

陽子は、牛小屋の前でくるくるとスカートを回した。真っ赤なビロードのワンピースに牛が目をしばつかせた。

〽はぁ〜めでたな〜え〜　めでてな〜

若〜松〜様よ〜

長持ち歌を歌いながら、杖《つえ》をついたおばあちゃんが花嫁行列の後について行く。姉ちゃんは、牛の世話で家に残るおばあちゃんのために、花嫁姿のまま京都まで汽車で行くことにした。

〽はぁ〜　蝶《ちょう》よな〜　花とよ〜

はぁ〜　育てた娘

今日はなぁ〜　晴れてよ〜

はぁ〜　お嫁入り〜だぁ〜〜え〜

モオ〜ン　モオ〜〜ン

母牛の鳴き声が、おばあちゃんの歌の合間に入る。

駅までの道には、嫁さん菓子を手に手に村の子どもや大人がたくさん集まっている。姉ちゃんは、一人一人に会釈《えしゃく》して少しずつ進んだ。

〽持たせた〜なぁ〜　衣装《いしょう》はなぁ〜

ボロばか〜り〜なぁえ〜
嫁の心は　な〜ぇ〜
綾錦《あやにしき》なょ〜
ばあちゃんは鉄橋《てっきょう》の下で止まって歌い続けた。
〽どうぞ　親様〜なぁ〜え〜
頼《たの》みますなよ〜
ゴトゴトゴト
花嫁列車が、小さな赤い鉄橋を通過した。
コトコトコト
木桶《きおけ》を鳴らして牛は朝の食事を催促《さいそく》していた。

# 旅芝居

酒

十一時の汽車《きしゃ》が東のトンネルに消えると、残された黒い煙《けむり》を、旅芝居《しばい》一座の幟《のぼり》がパタパタと山に追い払う。終戦から十一年、半農半漁《はんのうはんぎょ》の小さな村に元気な祭りが戻《もど》ってきた。

栗拾《くりひろ》いに行っていた子どもたちが、神社の裏山《うらやま》から、稲刈《いねか》りの済《す》んだ田んぼに次々に滑《すべ》り下りてくる。斜《なな》めがけの栗袋《くりぶくろ》は、四年生の陽子のだけが狸《たぬき》の腹《はら》のようにふくらんでいる。

「まーた陽ちゃんが一番やぁ」

弟の明が悔《くや》しがる。陽子に二握《ふたにぎ》りずつ栗を足《た》してもらった子どもたちは、嬉《うれ》しそうに袋を抱《かか》えて帰って行く。祭りのごちそうに使う栗を山で拾ってくるのは、子どもたちの大切な仕事だった。一年生の明も、陽子と一つにした袋を肩《かた》から下げて、きげんよく帰って行った。

芝居の道具を積んだトラックが、神社の前に止まっている。舞台造りをしていた青年団の団長さんが、

「陽ちゃん、手伝っていけや」

と、声をかける。体《からだ》の大きな陽子は、こうしていつも青年団の仕事を手伝わされる。トラックの荷台から、芝居に使う機材や道具が、一言《ひとこと》を付けて陽子に渡《わた》される。

「それは鬘《かつら》だしけ、落とさんやぁに」

「いっぺんにぎょうさん持ったら落とすがな」

「行灯《あんどん》の中の皿は外《はず》して」

「あっ……それは重《かさ》ねたらあかん」

芝居の小道具運びは難《むずか》しい。

「役者の人は、三時の夜行列車《やこうれっしゃ》で来て、朝まで駅で寝《ね》なるだ」

祭りを仕切っている小父《おじ》さんが陽子に教えてくれる。

「旅の役者は、雨露《あまつゆ》がしのげる所だったら、どこでも寝ることができる。駅のベンチなら御《おん》の字だ」

と、若い頃《ころ》、旅の役者をしていたという小父さんが陽子の心配を笑い飛ばす。

境内《けいだい》に陽子の膝《ひざ》ぐらいの高さで芝居の舞台が組み立てられていく。畳《たたみ》十二枚ほどの板張《いたば》りの舞台と細長い花道が出来上がると、子どもたちが手に手に刀の小枝を持って舞台に駆《か》け上がる。

「チャンチャンバラバラ　チャンバラバラ」

刀の当たる音と口の音がずれていても気にしない子どもたち。切られて死んでもすぐ生き返る。子どもたちは不死身《ふじみ》だ。電柱《でんちゅう》に止まっていたカラスが鳴きながら飛び立つ。すかさず舞台の前に走り出た明が、幕末《ばくまつ》の侠客《きょうかく》、国定忠治《くにさだちゅうじ》になり切って見得《みえ》を切る。

「ああ、カラスが駅の空に飛んでいかあ」

「違《ちが》う違う。そのセリフは、忠治の乾分《こぶん》の定八のセリフだわ」

元役者の小父さんが明の忠治にケチを付けると、またチャンバラが再開《さいかい》した。小さな女の子たちも舞台に上がって走り回る。

「汚《きたな》い足で上がったらあかん！」

青年団長の鶴《つる》の一声《ひとこえ》で、子どもたちが、陽子と明を残して神社から消えた。

「陽ちゃんとこには、座長さんの家族に泊《と》まってもらうからよろしゅう頼《たの》むな」

団長さんが陽子に声をかける。他にも三軒《げん》が臨時《りんじ》の宿屋《やどや》を頼《たの》まれ、役者を分宿《ぶんしゅく》させる。

村にも近隣《きんりん》の村にも旅館《りょかん》や民宿《みんしゅく》がない時代だった。

「どんな人らだらぁ」

「座長《ざちょう》さんは、背《せ》が高くて」

「鼻が高くて、背広《せびろ》着て、帽子《ぼうし》かぶって……」

「外国の映画俳優《えいがはいゆう》みたいかなぁ」

「小学生の息子は、一座の花形《はながた》らしいでぇ」

「ええ！　ほんま？」

大人《おとな》たちが陽子と明の期待《きたい》をふくらます。村にはまだ一台のテレビもなかった昭和三十年代の初め、子どもたちにとって旅芝居の役者は、映画スターと同じようにまぶしい別世界の人だった。

「木の上を頼むわぁ」

大銀杏《おおいちょう》の木に梯子《はしご》をかけている小父さんが、身の軽い団長さんを呼《よ》んだ。

「この高さでええですかぁ？」

「そこでええから、両方の張《は》りぐあいを同じにしてから、三回まわしてしっかり結《むす》んでくれや」

電柱の足場に太いロープが二本平行にして張られた。銀杏《いちょう》の木から地上三メートルのロープは、高すぎて誰《だれ》のジャンプも届《とど》かない。明日の芝居で、この上を化《ば》け猫《ねこ》が渡《わた》るらしい。そのロープを見下ろすように、底《そこ》の暗《くら》いレンズ雲が夕焼け空に浮《う》かんでいる。この雲が雨を運んで来たら芝居は中止だ。

「あーした天気になーぁれ」

境内《けいだい》に戻って来た子どもたちが空に向かって、足を勢《いきお》い良く振《ふ》り上げる。

「晴れ　晴れ　晴れ　晴れ」

と、陽子が裏になった靴《くつ》を表《おもて》にしていく。それを見て、漁師《りょうし》の小父さんが、

「明日もええ天気だわいや」

と笑いながら太鼓判《たいこばん》を押《お》す。年寄《としよ》り漁師の天気予報は、ラジオよりも良く当たる。みんなは、ほっと胸《むね》をなで下ろした。

北の障子《しょうじ》を開《あ》け放《はな》つと、絶好《ぜっこう》の芝居日和《びより》。刷毛《はけ》で掃《は》いたような筋雲《すじぐも》が青い空をより高く見せていた。村でただ一そうのイカ釣《つ》り船が、大漁旗《たいりょうばた》で祭り気分を盛《も》り上げている。船首《せんしゅ》から堤防《ていぼう》に向《む》かって伸びている碇《いかり》止《ど》めのロープの上を、両手を広げた人影《ひとかげ》が弥次郎兵衛《やじろべえ》のように渡っている。二階にある客間《きゃくま》の窓《まど》と船着《ふなつ》き場《ば》の堤防《ていぼう》までは、だいぶ離《はな》れているので、顔までは見えない。

「上手《うま》いなぁ」

ロープの下は、この日の空よりも濃《こ》い瑠璃色《るりいろ》の海。水深《すいしん》五メートルの船着き場だ。晴れていても、十月の海はもう冷たい。

「誰だらぁ?」

あんなことができそうな子は村には一人もいない。二人は顔を見合わせて、客間のガラス磨《みが》きを終わりにした。戸口《とぐち》でぶつかったサングラスの小父さんにおじぎだけして家を飛び出した。

県道《けんどう》から浜に下りて、波打ち際《ぎわ》の固い砂地《すなじ》を走る。ロープの上でバランスをとっていた両手が揺《ゆ》れて、男の子が落ちた。手がはげしく水面をたたいている。陽子は、靴とスカートを脱《ぬ》ぎすてた。あれは溺《おぼ》れているのだ。

「陽ちゃん！」

明が陽子の服をつかんで首をふる。

「わかってるー」

陽子は、急いで靴をはき直《なお》した。「溺《おぼ》れている人を助けに海に入ったらあかん。死に物ぐるいでつかんでくる」といつも母ちゃんに言われていたのだ。

「早く大人を呼んで来て！」

と弟を走らせると、駆け込んだ舟小屋から竹竿《たけざお》を持ち出した。時々水面をたたく手が、頭と一緒《いっしょ》に消える。堤防を支えている岩場は、青のりがかかって滑《すべ》りやすい。陽子は、足を開いて、キュッと下くちびるをかみしめて竿を伸ばした。

「つかめ……つかめ……つかめ」

短い言葉をくり返す。竿の先がしずんだ。竹竿をつかんだのだ。陽子は、両わきをしめて一歩ずつ後《あと》ずさりする。

「陽ちゃーん」

叫んでいる明の前を、帽子と背広を脱ぎ棄《す》てながら大人が走ってくる。革靴《かわぐつ》で青のりの岩場を三段跳《と》び。

「危《あぶ》ない！」

滑《すべ》ったのではない飛び込んだのだ。溺《おぼ》れていた子を抱《だ》きかかえて岩場に上がってきたのは、さっき戸口でぶつかったサングラスの小父さんだった。浜に下りて来ていた婆《ばあ》ちゃんが手まねきをして小父さんを呼んだ。婆ちゃんは、陽子が知っているだけでも二度も溺《おぼ》れた子を助けたことがある。

婆ちゃんにほほをたたかれて男の子の顔がゆがむ。

「大丈夫《だいじょうぶ》だぁ」

水を飲んでいるだけで、意識《いしき》はある。

「水を吐《は》かしたらぁーでぇ」

婆ちゃんは、持って来た一升《いっしょう》だきのお釜《かま》をひっくり返し、溺《おぼ》れていた子をその上に腹ばいにして乗せた。背中をたたいたり、さすったり。最後は腰《こし》の横から腹がわにゆっくりさすり上げ、

「吐《は》きねぇー吐《は》きねぇー。飲んだ水を吐《は》いたら楽になるしけぇ」

と、言いながら同じ動作《どうさ》をくり返す。婆ちゃんは、水を吐《は》かせるにはこの方法が一番だと

言う。のぞき込んで見ていた明の足に、吐《は》いたどろどろ水がかかった。

「もう大丈夫だわいや」

婆ちゃんに起こされた男の子と目があった。スカートを脱いでいた陽子は、急いで婆ちゃんの後ろに隠《かく》れ、パンツのゴムを持ち上げた。

明が持ってきてくれたスカートからコメツキガニが落ちた。セミの抜《ぬ》け穴の様な穴を掘《ほ》って、白砂《しらすな》に住んでいる砂と同じ色の小さなカニだ。カニは、すごいスピードで巣穴に帰って行った。やっと笑った男の子の顔に桃色のくちびるが戻った。濡《ぬ》れネズミの男の子は、旅の一座の子役で竹沢凛太郎《りんたろう》と名乗った。二人は、陽子の家に泊《と》まる座長とその子どもだった。

「何年生?　ぼくは一年」

「……五年」

長いまつ毛を伏せた凛太郎のあごにしわが寄《よ》る。凛太郎は、小さい時から旅から旅の生活で、学校には行ってなかった。

「毎日が夏休みみたいで、ええなぁ……なぁー」

と、同意を求める明を無視《むし》して、陽子は、かかとで砂を掘っていた。鼻水が出るのに手足が妙《みょう》に熱い。(学校には、行きたいに決まっている)と思った。

てた。


「握手《あくしゅ》をしなさい」

突然《とつぜん》の座長の声に陽子の方が先に手を出してしまった。恥《は》ずかしさに耳たぶまでもが熱くなる。袖口《そでぐち》から水が垂《た》れた凛太郎が慌《あわ》てて手を離す。陽子は、濡《ぬ》れたままの手を耳に当てた。


昼を少し過ぎると、祭りの栗赤飯《くりせきはん》が蒸《む》しあがった。陽子は、芝居の場所取りに使う筵《むしろ》を抱《かか》えて、目と鼻の先にある神社に行った。「舞台に向かって右側の前から三番目」と婆ちゃんに言われた場所に筵《むしろ》を広げる。

「まだ前の方がいっぱい空《あ》いてるでぇ」

と一番前に筵《むしろ》を敷き終わった小母さんが呼んでくれる。

「婆ちゃんが、今年はこの辺《へん》がええんだって」

「なんでだらぁー。いつもは一番前に敷きなるのに」

確《たし》かに婆ちゃんは一番前のかぶりつき席が好《す》きだ。陽子も小母さんと一緒に首をかしげながら、筵《むしろ》が風でめくれない様に砂袋を四すみに置いた。

チンチン　ドンドン　チンドンドンドン
芝居を盛《も》り上げるためのチンドンが村の目抜き通りから聞こえて来る。目抜き通《めぬきどお》りといっても、この他に車の通れる道は、時々魚を積んだトラックが行き来するジャリ道の県道だけだ。浜で遊んでいた子どもたちが、色々な路地《ろじ》を通って集まって来る。

侍《さむらい》姿《すがた》のお兄さんが吹《ふ》くクラリネットの流行歌《りゅうこうか》に合わせて、チンドンの行列《ぎょうれつ》がゆっくりと進む。時々間違《まちが》ったのか、同じところを吹き直す。それでも一曲終わるごとに開けられた戸口で拍手《はくしゅ》がわきおこる。子どもたちがクラリネットを吹く真似《まね》をして一緒について歩く。

「本日、竹沢松太郎一座がご当地で観ていただきます演目《えんもく》は、映画や講談《こうだん》でもおなじみの、『岡崎《おかざき》の化《ば》け猫《ねこ》』でございます」

「皆様に喜んでいただけますよう安全ネットを張らずに化け猫が高い綱《つな》を渡って演技《えんぎ》いたします」

「もう一つの演目は、任侠《にんきょう》もので迫力《はくりょく》ある立ち回りをお楽しみいただきます。が、演目は、今宵《こよい》のお楽しみとさせていただきます」

「どうぞこうふんしてお子たちが舞台に上がらない様よろしくお願いいたします。切られて血が出てもいっさい保障《ほしょう》はいたしません」

と、刀をぬいて子どもたちを喜ばす。

「尚《なお》、未熟《みじゅく》ではございますが、舞踊《ぶよう》ショーもございます。今宵《こよい》は、皆様おさそいの上、こぞって神社に足をお運びくださいませー」

と、十一人の座員が声を張《は》り上げる。

「陽ちゃん、こっちこっち」

先に来ていた明が一段高いところで陽子を呼ぶ。

チンチンドンドン　プール　パッパッパー
大人のチンドンに混《ま》じって、振《ふ》り袖姿《そですがた》の女の子がクルクル皿を回している。白ぬりの顔に三日月まゆ。大きな黒い瞳《ひとみ》に真《ま》っ赤《か》なおちょぼ口。皿回しの女の子は、一松《いちまつ》人形のようにかわいい。

「すごいなぁー」

視線《しせん》を一人占《じ》めにしていた女の子が、皿を回しながら、お腹の大きな女の人に耳打ちをすると、小鼓《こづつみ》が止まった。

「先ほどは、助けていただいてありがとうございました」

皿回しの女の子は凜太郎で、頭を下げたのは、凜太郎の母親だった。白ぬりのうなじを汗の玉が落ちていく。

「あの腹は、臨月《りんげつ》だらぁーでぇ」

「あの体で芝居するんだらぁか」

「赤ちゃんが産《う》まれるまでは大丈夫だわ」

村の小母さんたちは、思ったままを口にする。確か陽子の母ちゃんも明が産まれる日まで畑仕事をしていた。

「産まれた後《あと》の方が大変だらぁで」

「そうだなぁ。旅の役者は、旅から旅への暮《く》らしだそうだしけ、ぎょうさんのおむつを乾《かわ》かすのも一苦労《ひとくろう》だ」

「でも赤ちゃんが舞台に出ると、おひねりがいっぱいもらえるらしいでぇ」

村の小母さんたちの関心は、産まれて来る赤ちゃんとお金を包んだおひねりに集中していた。

早めに風呂《ふろ》を済ませた陽子と明は、座長と凛太郎の口立《くちだ》て稽古《けいこ》を隣《となり》の部屋《へや》で盗《ぬす》み聞きしていた。間違ったセリフのやり直しが何度もくり返される。旅の役者は、台本なんて使わない。口立てといって、口で教えてもらったセリフを耳で聞いて覚《おぼ》えて演技《えんぎ》するのだ。後二時間で幕《まく》が開《あ》く。

「光秀《みつひで》では無い！　登場人物の名前は正しく憶《おぼ》えとけ！」

「はい。座長」

「喉《のど》を一突《ひとつ》きのところの呼吸《こきゅう》の出が早すぎる！」

凛太郎がたたかれた音がするたびに明が目をつむる。

「肥前《びぜん》の国、佐賀藩《はん》の二代目藩主《はんしゅ》・鍋島光茂《なべしまみつしげ》の時代。光茂の碁《ご》の相手《あいて》を務《つと》めておりました家臣《かしん》の又七郎が、光茂の機嫌《きげん》を損《そこ》ねたことで、切り殺されてしまいました。大事な息子を殺された又七郎の母は、かわいがっておりました猫《ねこ》に悲《かな》しみの胸中《きょうちゅう》を語《かた》ります。そしてすぐ後《あと》に、短刀《たんとう》で首を一突《ひとつ》き……自害《じがい》されたのでございます」

凛太郎のセリフがどんどん上手《じょうず》になっていくのが陽子と明にも分かった。

「よし」

やっと座長のＯＫが出たようだ。明が、そろりそろりと足を伸《の》ばす。唾《つば》を付けた人差《ひとさ》し指《ゆび》に、おでこと足を行き来さす。足のしびれが治《なお》るおまじないだ。

「この化け猫の役は、いずれお前に譲《ゆず》る。綱の上での足の運び、腰の移動や手のバランスなど、技《わざ》は、目と心で盗み取る。ええなぁ」

「はい」

「次は流《なが》し目や」

「よろしくお願いします」

「違うやろ！　挨拶《あいさつ》するところから心も女に成り切らんかい！」

床《ゆか》を激《はげ》しく叩《たた》く音。怯《おび》えた明が聞いてくる。

「流し目って何？」

もちろん陽子だって知らない。

「もっと肩《かた》と腰《こし》を落とす」

「それは猫の背中《せなか》や。もっと背筋《せすじ》を伸ばす」

「そのままの姿勢《しせい》であごを引く」

「よーし。次は目の切り方のおさらいや」

「あほか！」

「すみません」

壁《かべ》の向こうで鼻水をすする音がする。たとえ親子でも稽古《けいこ》は厳《きび》しい。

「右・そうだ。掛《か》け軸《じく》の真《ま》ん中を見る」

「正面・この指の先」

「左・窓の外の柿《かき》の枝《えだ》」

「この決めた三点で止《と》めながら視線《しせん》を流す。右から左へ・右から左へ・そう・そうしてなめらかに目線《めせん》を移していく……それでいい」

「左からも、このやり方でいいですか？」

凛太郎の質問に少し間が空いた。

「左からだと……ほら…意地悪《いじわる》女に見えるやろ」

笑い声がすぐに床《ゆか》をたたく音に変《か》わる。どうやら座長のお手本を凛太郎が笑ったらしい。

「愛きょうがあれば色気《いろけ》は後《あと》からついてくる。いつも笑って踊《おど》れ。口を少し開けると色っぽくなるぞ」

「この位《ぐらい》ですか？」

「はっはっは。バカ。それは開《あ》けすぎだ」

陽子も、口を開けた凛太郎の顔を想像《そうぞう》して出そうになった笑いを飲《の》み込《こ》んだ。横で明が頭をかいた。明も口を開けていたらしい。

「流し目の最後は、いつもここのお婆さんの顔だ。助けてもらったお礼《れい》だ。忘《わす》れるな」

「はい。ご指導《しどう》、ありがとうございました」

練習が終わり、陽子に一つ流し目の正体《しょうたい》を見届《みとど》ける楽しみが増《ふ》えた。

「座長、舞台の仕上げを点検《てんけん》してください」

クラリネットを吹いていたお兄さんが洋服姿《すがた》で座長を迎《むか》えに来た。外は少し暗くなっていた。

境内《けいだい》の提灯《ちょうちん》に明かりが灯《とも》されると、村人が風呂敷包《ふろしきづつ》みを抱きかかえて三々五々《さんさんごご》集まってきた。芝居の始まる前にそれぞれの筵《むしろ》で重箱《じゅうばこ》が広げられた。

「陽子と明はどこに居《お》るだぁ？」

「友達と観とるんだらぁか？」

二人の姿を夕方から見かけて無い父ちゃんと母ちゃんが姉ちゃんに聞く。

「楽屋《がくや》で手伝ってると思う」

姉ちゃんの返事は半分当たって半分違っていた。

「東西《とうざい》、東《とう》ー西《ざい》ー」

幕《まく》の後ろで大きな声がすると、座長が幕の前に膝《ひざ》からすべり出た。裃《かみしも》に長い袴《はかま》の侍姿《さむらいすがた》。たれていた細い目は、羽二重《はぶたえ》で吊《つ》りあげられて凛々《りり》しい二枚目になっていた。

「本日は、沢山《たくさん》のご来場をいただきましてありがとうございます。今夜は、幸《さいわ》い月も明るく雨の心配も無いとのこと、最後までお食事やお酒とともにお芝居の方もお楽しみくださ い」

座長あいさつが済むと、幕の中で人や物の動く音や影を確かめに子どもたちが幕の下を所々めくる。

実はこのとき、陽子と明は、楽屋になっている社務所《しゃむしょ》の中で鏡《かがみ》の前に座っていた。座長さんに頼《たの》まれて芝居の舞台に立つのだ。

「ただ黙《だま》って立っているだけでいいから」

「ばれたらどうしよう？」

「大丈夫」

化粧《けしょう》の済んだやくざ姿の凛太郎が、明の坊主頭《ぼうずあたま》と顔と手足に錫色《すずいろ》のドーランを刷毛《はけ》でぬっていく。油性《ゆせい》の白粉《おしろい》に木灰《きばい》をまぜてあるらしい。お地蔵さんに出来上がった明は、鏡の自分にあかんべーをして一人で笑っている。髪《かみ》の長い陽子は、まず髪をアップにしてピンで押さえつけられ、地蔵頭の鬘《かつら》をかぶるためにおでこにぐるぐると羽二重の白い布地を巻《ま》かれた。次はドーランだ。刷毛が足を滑《すべ》るとくすぐったい。

「動かない」

凛太郎にしかられる。

「目をつむって」

手が済むと今度は顔だ。凛太郎の息が陽子の顔をゆっくりと移動する。

「かわいいお地蔵さんの出来上がりー」

みんなにひやかされ、鏡の中のドーランを塗っていない陽子の耳たぶがまた赤くなった。

三味線《しゃみせん》の弦《げん》を調整《ちょうせい》していた凛太郎のお母さんが途中でバチを落とした。

「大丈夫ですか？」

何人かの座員がしゃがみ込んだお母さんの桜太夫を囲む。

「まだまだ大丈夫」

と背筋を伸ばして、桜太夫はみんなを持ち場に戻らせる。二幕目《ふたまくめ》の乱闘《らんとう》シーンから出る座員は、レコードや照明《しょうめい》などの持ち場に戻った。人数の少ない旅芝居の一座は、すべてのことを分担《ぶんたん》して舞台を作っていく。一人で二役《ふたやく》・三役《みやく》もこなすこともざらだ。

「さぁ時間やで」

と、桜太夫は、何事《なにごと》もなかったように凛太郎も一幕目の舞台に急がせる。

チョンチョン　チョンチョン　チョン
桜太夫の打つ拍子木《ひょうしぎ》が幕の早さを決め観客《かんきゃく》の拍手《はくしゅ》を誘導《ゆうどう》する。

旅芝居では定番《ていばん》の「国定忠治の赤城山《あかぎやま》の別れ」が始まった。

「鉄」

「へい」

「定八」

「なんです親分」

定八の声は凛太郎だ。

「赤城の山も今宵限《こよいかぎ》り、生まれ故郷の国定村やなわばりを捨《す》て、国を捨て、かわいい乾分《こぶん》のてめえたちとも、別れ別れになる門出《かどで》だ」

「そう言やぁ、何だか嫌《いや》にさみしい気がしやすぜ」

「クゥウー　クゥウー」

と、鳴きながら、舞台で黒子の座員が雁の絵を描《か》いた板付きの四本の黒い棒《ぼう》を上下させる。

「ああ、雁《かり》が鳴いて南の空に飛んで行かあ」

鳩《はと》のような鳴き声も役者のセリフで雁になる。

明と陽子は、舞台の袖《そで》でのぞき見しながら拍手する。

「心の向くまま、足の向くまま、あても、果《は》てしもねぇ旅へ立つのだー」

「親分！」

三味線に合わせて座長の忠治が花道を走る。

「イヨー、日本一！」

ほろ酔いきげんの小父さんが持ってきた飲みかけの一升瓶《いっしょうびん》を舞台にどさっと置く。と、後《あと》ずさりしてきた忠治がその瓶《びん》を高々と持ち上げ、

「喜んでちょうだいします」

とそのまま舞台の袖に走り去る。境内は、笑いと拍手の渦《うず》に包まれて一幕目が終了した。

お地蔵さん役の二人は、ネズミ色の布を体に巻き、赤い頭巾《ずきん》と前だれ姿を鏡に映《うつ》し、眼《め》の玉だけを動かす練習。こうすればじっとしていても芝居が見える。

「ぜったいに、けった足が桜太夫の体に触《ふ》れないように」

「はい」

座長の最後の指示《しじ》が徹底《てってい》される。産まれそうな赤ちゃんにもしものことがあってはならない。

「では、お地蔵さんよろしくね」

そう言うと村娘役《むらむすめやく》の桜太夫は、草履《ぞうり》を片方《かたほう》ぬぎすてて舞台の中央にゆっくりと倒《たお》れた。

お地蔵さんの立つ位置《いち》は花道の反対側の中ほどだった。明は、緊張《きんちょう》して立つ位置にたどり着くまでに二度もつまずいた。笑っていた陽子も、幕が開くと膝《ひざ》が震《ふる》えた。立ち見の中に隣村《となりむら》から来ている友だちもいる。客席の父ちゃんは、隣に座っている小父さんとしゃべっていて陽子たちに気付いていない。婆ちゃん以外には内緒《ないしょ》の舞台。心臓が音を立てる。

二幕目は、身売《みう》りされた村娘お芳《よし》が逃《に》げ出した罪《つみ》で悪代官《あくだいかん》の手下《てした》の山形屋とその乾分《こぶん》に殴るけるの折檻《せっかん》を受けている乱暴な場面から始まった。桜太夫の着物《きもの》のすそが割《わ》れ、引きずられて櫛《くし》がとれ、髪が乱れていく。

「代官様、どうやら気を失ったようでございます」

「水を掛《か》けてもう一度焼《や》きを入れましょうか?」

「好きにせよ」

と言いながらも代官自らが刀の鞘《さや》で娘の腹を突《つつ》く。あくまでも演技《えんぎ》だから鞘と桜太夫の体は離れている。

「それでも人間かー!」

怒《おこ》った客席からかじりかけの竹輪《ちくわ》が飛んでくる。それを手下の一人がキャッチして食べる。大笑いがおさまるのを待って、村娘の桜太夫がお腹を抱えてもだえだす。演技なのか本当に痛《いた》いのか陽子には分らない。分らないのに乾分《こぶん》たちが水の入った桶《おけ》を持って来る。

「まてぇー。そこの悪代官と山形屋藤造《ふじぞう》」

花道から走り出た忠治が、その桶を蹴《け》り飛ばすと、かぶっていた笠《かさ》を客席に放り投げた。

「イヨォー忠治、待ってましたぁ」

村娘お芳を助けるためのチャンバラが始まった。かなり激《はげ》しいチャンバラだ。思いきり切って思いきり切られる。死んだらそのまま倒れておく。子どもたちのチャンバラの様には生き返らない。当たり前だがそのままだ。お地蔵さんの周辺はたちまち修羅場《しゅらば》となった。

「いちにーのー三」

「にいにーのー三」

「さんにーのー三」

陽子の三の合図に合わせて明も一緒に動く。少しずつ少しずつ舞台ぎりぎりまで後《あと》ずさりする。いくら竹でできた刀でも、光っているので血が吹き出そうで恐《おそ》ろしい。でもふとみると、太った死体のひげが白塗《しろぬ》りの顔から青黒く浮き上がっている。陽子はもう少しで笑いそうになった。別の死体が額《ひたい》にかかった髪《かみ》をかき上げるときに鬘《かつら》が取れた。ついに明が吹き出した。ばれたのか、一番前で観ていた小母さんが指を差して笑いこける。

「しっかりしなせぇ娘《むすめ》さん。怪我《けが》はたいしたことはありゃあせん。あっしの背中に…乗せるのは無理だーから……肩《かた》につかまっておくんなせー……何？　それも無理。それならさっさーと幕を引いてもらいやしょー」

チョンチョンチョンチョンチョン・チョーンチョン
幕が閉まると、婆ちゃんと母ちゃんと姉ちゃんが桜太夫を心配して楽屋に飛んできた。

「痛みの間隔《かんかく》はどれ位だぁ？」

母ちゃんが桜太夫のお腹をさすりながら座長に聞く。

「多分六分おきぐらいだと思います」

座員の誰かが教える。桜太夫の陣痛《じんつう》が始まっていた。もうじき赤ちゃんが産まれるらしい。

「すぐに帰って湯《ゆ》を沸《わ》かしときねぇ。それから産婆《さんば》さんを呼《よ》びに行きねぇ」

婆ちゃんが母ちゃんと姉ちゃんに別々の指示を出して二人を帰らせた。でも、赤ちゃんが産まれてくるにはまだ一時間はあるそうだ。

「これも何かの縁《えん》だで、家で産んだらええ。遠慮《えんりょ》はいらん」

「ありがとうございます」

痛みの治《おさ》まった桜太夫は、化粧《けしょう》を落としながら婆ちゃんにお礼を言う。陽子と明も急いで化粧を落として服を着替《きが》える。幕間《まくあい》は九分。舞台裏は大忙《おおいそが》しだ。

「何をしとるだぁー。おそいどぉー」

さいそくの野次《やじ》に慌《あわ》ててひげ奴《やっこ》のグループが飛び出していく。遅れて「東京ブギウギ」のレコードがかかる。曲に合わないブギウギダンス。手拍子《てびょうし》だってバラバラだ。それでもみんな乗っている。

「髭《ひげ》が落ちたぞー」

拾った髭が逆さでまたまた大爆笑《だいばくしょう》の渦《うず》が巻《ま》く。

次は凛太郎の舞踊《ぶよう》ショーだ。

「背筋を伸ばす」

と、桜太夫が陣痛《じんつう》で顔をしかめながらも凛太郎の帯《おび》を締《し》めていく。紅桜《べにざくら》の着物に萌《もえ》黄色《ぎいろ》の帯。金糸《きんし》で縁取《ふちど》りがしてある豪華《ごうか》セットは、桜太夫の娘《むすめ》時代の舞台衣装だ。帯を垂《た》らして仕上がった凛太郎の舞子姿《まいこすがた》。足は白塗《ぬ》りの素足《すあし》。舞台へと桜太夫が帯をたたいて送り出す。

「凛太郎の踊《おど》りをぜひ見てやって下さい。まだ大丈夫ですから」

桜太夫に言われて、陽子と婆ちゃんは、自分たちの筵《むしろ》の席に戻った。父ちゃんは、ちらっと見ただけで何も言わない。

祇園小唄《ぎおんこうた》の曲に合わせ、裾《すそ》を引きずりながら凛太郎が舞台に踊り出た。口を少し開けた満面《まんめん》の笑《え》み。拍手の他に口笛《くちぶえ》まで鳴った。歌詞《かし》に合わせてしなやかに踊り、着物や帯を美しく見せる。とても小学生の男の子とは思えない。二番の歌詞から流し目が使われると、口笛の音がより大きくなった。流し目の最後が陽子で止まると、決まって婆ちゃんが小さく手をふる。

最後の間奏《かんそう》で婆ちゃんが立ち上がった。腰をかがめながら人並みをかき分けて舞台に近づき、ふところから出した祝儀袋《しゅうぎぶくろ》を舞台に置いてそのまま舞台裏に消えた。凛太郎の舞台が終わると、客席からお金を紙に包んだおひねりがいくつも飛んだ。

「ありがとうございました」

舞台でご祝儀のお礼を言う凛太郎は、急に大人びて見えた。

舞踊ショーの取りは、清水次郎長に扮《ふん》した座長が大政・小政・石松の三人の乾分《こぶん》と踊る

「旅姿三人男」だ。横の小母さんが、

「しけが色っぽいねぇ」と、ため息をつく。

「次郎長の鬘《かつら》から垂《た》れた一筋《ひとすじ》の髪《かみ》のことだがな」と周りの小母さんや子どもにしけの注釈《ちゅうしゃく》をする。紙テープが乱《みだ》れ飛び、おひねりが後ろからも飛んでくる。最後に紙飛行機にしたお札《さつ》が舞台に着陸《ちゃくりく》。飛ばしたのは、元役者の小父さんだった。

舞踊ショーが終わると、十分の休憩《きゅうけい》をはさんでいよいよ大喜利《おおぎり》の「岡崎の化《ば》け猫《ねこ》」が始まる。楽屋では、座長が化け猫の衣装《いしょう》に着替《きが》え、羽二重《はぶたえ》で吊り上げた目じりに朱色《しゅいろ》が入れられた。くちゃくちゃの髪には、長い黄色の付け毛が何束《なんたば》もくくりつけられた。口には、紅《べに》が横に大きくはみ出して引かれた。桜太夫と婆ちゃんの姿は、ここにはもう無い。

「心配いらん！」

座長がゲートルを巻《ま》きながら鏡の中の凛太郎を睨《にら》む。母親を気にして落ち着かない息子への喝《かつ》はめちゃくちゃ怖《こわ》い。凛太郎は、急いで顔を侍《さむらい》に作り変えた。

チョン　チョン　チョン・チョンチョン
幕が開くと、裃《かみしも》に袴《はかま》の凛太郎が舞台の右端《はし》に扇《おうぎ》を持って正座《せいざ》した。

「古くは、肥前の国、佐賀藩の二代目藩主・鍋島光茂の時代。光茂の碁《ご》の相手《あいて》を務《つと》めておりました家臣《かしん》の竜造寺又七郎が、……」

流暢《りゅうちょう》な凜太郎の語りに合わせて、薄《うす》い幕の後ろで、黒い大きな影がばっさりと切られて倒《たお》れる。ライトが青に変わった。

「大事な息子を殺されてしまいました又七郎の母は、かわいがっていた猫の玉に……」

いつ連れて来たのか又七郎の母の抱いているのは、本物の黒猫《くろねこ》だ。

「悲しみの胸中《きょうちゅう》を語り終えますと、首を短刀《たんとう》で一突《ひとつ》き……自害《じがい》…されたのでございます」

影を見ながら慎重《しんちょう》に間《ま》を取る凜太郎。猫が化け猫に変わる場面だ。陽子のにぎりこぶしに汗《あせ》がたまる。

「その血をなめた猫が化け猫となりましてお城に入り、藩主の光茂を毎晩のように苦しめる……のでございます」

言葉の一瞬《いっしゅん》の切れ目に猫の大映しの影が薄い布と一緒に消えた。変わって舞台に布団《ふとん》と障子《しょうじ》の衝立《ついたて》と行灯《あんどん》が姿を現《あらわ》した。四角い行灯に燈明《とうみょう》が灯《とも》されると、どこからともなく風が吹き、行灯の炎《ほのお》がゆれる。

「きゃー」

化け猫が出るより先に客が悲鳴《ひめい》をあげた。

「カット　カット　カット」

映画で使う白黒の板をたたきながら化け猫姿の座長が出てきた。

「フイルムを巻《ま》き戻しまーす」

と笑いを取って灯りを消した座長は、凛太郎にマッチをすらせるところからやり直す。

おどろしい音楽と一緒に化け猫が紫色《むらさきいろ》の枕《まくら》を抱いて布団から這《は》い出した。目線《めせん》を止めてニヤと笑う猫の口の中は血のように真《ま》っ赤《か》だ。

「食紅だよ」

舞台の袖で一緒に見ている座員が教えてくれる。

化け猫が行灯の油をピチャピチャなめ出すと、小さな子どもたちは大人に体を寄《よ》せて眠《ねむ》い目をこする。怖《こわ》いけれど見たいのだ。神社の裏山でフクロウが鳴いてますます怖くなる。

セリフの無い舞台がレコードと小鼓《こづつみ》を叩く音だけで進行していく。

化け猫が梯子《はしご》を上り出すと、黒子の座員が障子《しょうじ》の衝立《ついたて》を中央に移動させた。その後ろに凛太郎が隠《かく》れた。何故《なぜ》か紐付《ひもつ》きの大きな黒いゴムの浮輪《うきわ》を持って、座長の綱渡りを見上げている。凛太郎の真剣な横顔。陽子の胸は、また少しドキドキしてきた。

銀杏《いちょう》の木を四つんばいで出発した化け猫は、舞台の中ほどまで来ると、手を離して足の甲《こう》を掛けてぶら下がった。そして今度は、電柱まで四つんばいで綱を渡り、電柱の足場に着くと片手でぶら下がった。座長の命がけのパフォーマンスのたびに大きな拍手が湧き起る。耳をつんざく猫の声があっちからもこっちからも。ライトの円がくるくる回り出すと、人の声が境内《けいだい》から消えた。陽子も幕の袖《そで》でかたずを飲んで見守る。猫が両手の作り爪《づめ》を開いて二本の足で綱に立ち上がり、腕《うで》でバランスを取りながらゆっくりと舞台中央に戻って来る。衝立《ついたて》の後《うし》ろでは、凛太郎が猫の動きに合わせて浮輪と一緒に移動する。

「ぎゃーォー」

悲鳴を上げながら猫が浮き輪の上に……落ちたがすぐに起き上がって障子《しょうじ》を破り倒して舞台の前面に飛び出した。

「討《う》ち取ったりー」

凛太郎の高い声を細いライトが空に追う。刀で切られた化け猫は、月明かりの中、コマ送りのフイルムのようにゆっくりと倒れていった。

祭りが終わると、竹沢松太郎一座は、陽子の家に産まれたばかりの女の子と母親と凛太郎を預けて次の興行地《こうぎょうち》へと移動して行った。

赤ちゃんの寝ている納戸《なんど》に、母ちゃんが白い汁の入ったお椀《わん》を盆《ぼん》に乗せて、おにぎりと一緒に持って来た。麦の入っていない真っ白のおにぎりだ。

「今、村には、お乳の出てる人がおんならんしけ、重湯《おもゆ》でしんぼうして下さい」

と言って桜太夫のまくらもとに置いた。水を増《ふ》やして炊《た》いた白いご飯《はん》の上《うわ》ずみの汁《しる》だ。

「ありがとうございます。私のお乳の出が悪いばかりに。何から何までお世話をおかけして申《もう》し訳《わけ》ありません」

桜太夫は、まるで芝居の演技《えんぎ》のように寝巻《ねまき》のそでロを持って涙《なみだ》をふいた。赤ちゃんは、茶さじの先をなめるだけでうまくは飲めずぐずりだした。

♪……五月六月実がなれば
枝からふるい落とされて
近所の町へ持ち出され
何升何合《なんじょうなんごう》はかり売り……

庭で凛太郎が陽子の教えた「梅干《うめぼ》しの歌」でお手玉を一つずつ左右の手から順に上に放り投げる。

「貸して。次は右手で二つを交互《こうご》にやってみ」

と、陽子が手本を見せる。

「すごいなぁ。三個でも出来る?」

凛太郎におだてられて陽子は両手で三個のお手玉を披露《ひろう》する。

♪七月八月暑いころ
三日三晩《みっかみばん》の土用干《どようぼ》し
思えば辛《つら》いことばかり……
「貸《か》してみねぇ」
と婆ちゃんも遊びに加わり、「昔とった杵柄《きねづか》だしけ」と嬉しげに四個のお手玉を次から次に放り投げる。
♪しわはよっても若い気で
小さい君らの仲間入り
「すっごーい！　ぼくにも出来るかなぁー」
「出来る。凛太郎は、皿回しが出来るのだから、四つのお手玉だって出来る。お手玉の次は剣や。剣で出来るようになったら一座の目玉になる」

お乳をやっていた桜太夫が、息子のやる気を押して、役者根性を叩きこむ。婆ちゃんが合点《がってん》の手を一つ打ち、陽子をお手玉の先生に決めた。

「まずは、基本の片手《かたて》で二つ」

陽子は、一座の期待に首をすくめた凜太郎に、植物のジュズダマ入りよりも扱《あつか》いやすい屑小豆《くずあずき》を入れた方のお手玉を二つ渡して向かい合う。

「同じ高さに同じ速さで放り投げる」

「手元は見ない。顔を動かさないで膝《ひざ》を動かす」

「放り投げるのが遅《おそ》すぎ」

凜太郎の気持ち良い「ハイ・ハイ・ハイ」が続き、どんどん上手くなっていく。


「糸だけを切って行くだぁで」

小さくなった浴衣《ゆかた》を糸切りハサミで解《ほど》いている陽子の手元《てもと》を婆ちゃんがのぞき込む。

「それは生地《きじ》が薄《うす》なっとるで、柔《やわ》らかぁて気持ちいいだ」

陽子は大好きだった朝顔模様《あさがおもよう》の浴衣《ゆかた》がばらばらになって行くのが少し淋《さみ》しかった。婆ちゃんが縫《ぬ》っているのは、五日前に生まれた赤ちゃんのおむつだ。

「陽子、また頼《たの》むわ」

老眼《ろうがん》が合わなくなった婆ちゃんの糸通《とお》しは、陽子の仕事だ。

「準備《じゅんび》しとんなったおむつもあるしけ、こんなけあったら足《た》りるだらぁ」

赤ちゃんの新しいおむつは、十枚とも陽子の浴衣で作られた。婆ちゃんは、糸くずをくるくると膝《ひざ》で丸めてゴミ箱にほかすと、

「赤ちゃんがおんなるしけ、絶対《ぜったい》に針を落とさんやぁに気をつけねぇや」

と言って陽子に針箱を渡した。陽子は、婆ちゃんにもらった端切《はしき》れで新しいお手玉を縫《ぬ》っていく。中に入れる屑小豆《くずあずき》は無いが、昨日のうちに川原でジュズダマを採《と》って来てある。

「あーぁ」

また間違った。四枚の長方形で作るお手玉は、合わせ方が難しい。それでも五個を一人で縫い上げると、ジュズダマをまずは百個ずつ入れてみる。が、軽すぎる。残りを分けて入れてもまだ軽い。陽子は、火災を知らせる半鐘《はんしょう》のように鳴る胸を押さえて、誰も居ない倉庫の裸《はだか》電球を点《つ》けた。ここで一升瓶《いっしょうびん》に蓄《たくわ》えてある小豆《あずき》をお手玉のために少しばかり盗《ぬす》んだ。

「いつまで起きとるだぁー」

婆ちゃんが戸を開《あ》ける前に最後のお手玉が綴《と》じ終わった。

「音もええし、ええ具合《ぐあい》に出来とるがな」

婆ちゃんの放《ほう》るお手玉はカシャカシャ・ン・ン・と、ジュズダマ以外の音を混《ま》ぜる。

「小豆も入っとるがな」

「ゴツン」と少し痛《いた》いゲンコツが小豆を盗んだ陽子の頭に落とされた。


「お帰りー」

浜で、学校から走って帰って来た陽子と明に凜太郎が手を振る。波打ち際《ぎわ》には、芝居のセリフらしい言葉が幾《いく》つも幾つも波に洗われていた。

「出来るようになってん」

棒を置いた凜太郎が、ポケットから黄色と黒のお手玉を三個取り出した。陽子が作ってあげたあのお手玉だ。

「四個はまだまだだけど、三個なら落とさない」

宣言《せんげん》通り、凜太郎は、「梅干しの歌」を繰り返しながら、家に着くまで三つの玉を放り続けた。

「大成功。次は四個だね。頑張って」

陽子は、凜太郎なら四個でも五個でも剣でもすぐできるようになると思った。

「陽ちゃんより上手い?」

内緒《ないしょ》で聞いてきた明の耳をふたして、

「ずっとすごい」

と陽子は大きな声で答えた。負けず嫌《ぎら》いの陽子が初めて感じた嬉しい負けだ。たった三日で自分を越した凛太郎を明日は学校に誘《さそ》ってみようと思った。


「えーぇ芋だけー」

期待外《きたいはず》れのおやつに明が口をとがらす。

「甘くておいしい」

凛太郎が母ちゃん自慢《じまん》の芋《いも》をほめて二つ目に手を出す。と、明と陽子も手を伸ばす。にこにこ顔の母ちゃんが、乾《かわ》いたおむつを物干《ものほ》し竿《ざお》から外《はず》していく。

桜太夫がお風呂の済んだ赤ちゃんにおっぱいを含《ふく》ませながら、今日中に一座に戻ることを凛太郎に知らせた。

「いやだ　いやだ　いやだぁー」

ごねる明の首を凛太郎がはがいじめにする。男二人は、芝居のように義兄弟《ぎきょうだい》のちぎりを結《むす》んでいた。

「一座の皆も首を長くして待っとんなるだ。二人の抜けた穴は大きいしけ」

婆ちゃんの言葉に母ちゃんも続く。

「産後の体にとっては、本当はもっとここで休んでいた方がええだけど、決意も固そうだし止《と》めても無駄《むだ》だ」

「お言葉に甘えて長居をしてしまいました。おかげさまで立ちあがっても目まいすることもなくなりました」

と、夕方の六時の汽車で、一座が興行しているK町に凛太郎たちが帰って行くことが決まった。

西のトンネルから出て来た上りの列車が、灯りのつきだした村を見下ろす駅のホームに停《と》まった。

「近くで芝居することがあったら連絡《れんらく》してくんねぇな。観に行くしけ」

と、婆ちゃんが寝ている赤ちゃんのほっぺを突《つつ》く。

「産後は大事だしけ無理をしならんやぁに」

汽車の汽笛が、ホームで別れを惜《お》しむ婆ちゃんの挨拶を終わらせた。

汽車のデッキに片足を掛けた凛太郎が、小さく折った紙を陽子の手に握《にぎ》らせた。陽子は、その紙をちらっと見ただけでポケットの奥にしまって、外から押さえた。泣いている桜太夫に婆ちゃんが窓から手ぬぐいを渡す。荷物を持って汽車に乗り込んだ母ちゃんが煙《けむり》の入る窓を閉める。母ちゃんだけが、汽車で二時間ほどかかるK町に送って行くのだ。陽子と明は、泣きながら汽車を追いかける。汽車は、二人がプラットホームの端に着く前に西のトンネルに消えた。

♪清水　港の一　名一物一は一
お茶の一　香り一と
おと一こ一だ一て一

風呂から聞こえてくる明の歌は、凛太郎の十八番「旅姿三人男」だ。

二階に上がった陽子は、ポケットから凛太郎にもらった紙を取り出した。折りを戻すたびに手のひらで皺《しわ》を伸ばす。四回目は、息もはきかけて丁寧《ていねい》に伸ばす。二つ折りになった和紙の端《はし》を指先でつまみ、ゆっくりと開く。「ありがとう　竹沢凛太郎」のサインの横に、角《つの》の生《は》えた女の子の絵。題は、「陽子先生」。似《に》てないけれどかわいい。

「似てないわ」

夕食後、ぼやく陽子にみんなが言った。

「似てない。似てない」

午後九時。陽子は、「陽子先生」を枕元に置いて、いつもより早く布団《ふとん》に入った。

# 長持《ながも》ちの穴《あな》

終戦から十年。陽子の住む村では、九人の戦死者を出したものの、貧しいながらもそれまでの半農半漁の生活が戻ってきていた。風呂《ふろ》や煮炊《にた》きに薪《まき》を使い、子どもたちも家の手伝いをするのが当たり前の時代だった。

布団《ふとん》を鼻の下まで引っぱり上げて、冷たくなった湯たんぽを布団から蹴《け》り出して体を丸める。ちょっとだけ寒さがましになった。昨日《きのう》まで物置だった二階の小部屋で、四年生の陽子は朝寝坊《あさねぼう》を続けていた。

カーテンのない明るい窓のひさしに、陽子と明の作った琥珀色《こはくいろ》の吊《つ》るし柿《がき》が縄《なわ》のれんのように並ぶ。

んん……無い無い………端《はし》っこの二本が無い。あくびをしながら頭の中で犯人を捜《さが》していく。

「痛《いた》い！」

伸ばした右手が、鉄でできた長持《ながもち》の鍵《かぎ》に当たった。この、大きな鍵の付いた長持ちは、物置が陽子の部屋になる前からここに置かれていた。

「廊下《ろうか》に出してもええ？」

陽子がいくら聞いても頼《たの》んでも、

「あかん　あかん」

と婆ちゃんの返事は変わらない。それればかりか、

「ネズミに鼻を齧《かじ》られんやあに」

と、陽子を怖《こわ》がらせてから、金網《かなあみ》のネズミ捕《と》りを天井裏《てんじょううら》に置いた。

♪黒い黒い長持ちの
穴《あな》から見えた　動いてる
尻《しり》もち　丸餅《まるもち》　鼠《ねずみ》もち
いやいや中で寝《ね》てるのは
バーバーちゃんの守り神

弟の明が、寝る前にわざわざ歌いに来た。

「長持ちの中はミイラかも……」と、いくつも怖い夢《ゆめ》を見た。………吊るし柿を食べたのは……ネズミかミイラか………はたまた弟か……泥棒《どろぼう》か。

この長持ちは、所々真っ黒い漆《うるし》が剥《は》がれ、穴が一つ開いている。そこから射《さ》し込《こ》んだ外の光が、ちょっと不気味《ぶきみ》な何かを突《つ》き刺《さ》している。その上に、寝ていたせんべい布団を積

み上げると、急いでランドセルを背負《せお》って階段を下りた。

「行ってきまーす」

今日の朝ごはんは抜《ぬ》きだ。


満月の次の日は、潮《しお》が引いて遠浅《とおあさ》の砂浜がいつもより広い。

「今日は浜でやるでぇ」

学校帰り、六年生の真治の一声で、野球をやる場所が決まった。

「ええとこに帰ってきたわいや」

走って帰って来た陽子に、婆ちゃんが軍手《ぐんて》を脱《ぬ》いで渡した。

先に帰っているはずの明は、大声で呼んでも出て来ない。

「男の子は鉄砲玉《てっぽうだま》だわいや」

と蔵《くら》の横を走り去った明を婆ちゃんは笑って許《ゆる》す。小柄《こがら》な一年生の明に婆ちゃんは甘《あま》い。

頼まれたのは薪割《まきわ》りの手伝いだ。父ちゃんは、陽子の立てた丸太《まるた》を斧一振《おのひとふ》りで真《ま》っ二《ぷた》つに割《わ》る。

その時、腕《うで》の筋肉《きんにく》がシャツの上から盛《も》り上がる。「父ちゃんはすごい」と陽子が思う瞬《しゅん》間《かん》だ。

ガッと、節《ふし》で引っかかると、すかさずコンコンと刃《は》の向きを整《ととの》えてから一気《いっき》に振り下ろす。

丸太を少し残して父ちゃんの薪割《まきわ》りが終わった。

「片付けたら遊んで来い」

と父ちゃんに言われても、割った薪を小屋に運んで積み上げるところまでが陽子の仕事。崩《くず》れない様に均等《きんとう》に積んでやっと無罪放免《むざいほうめん》だ。家の裏口から出て、県道を横切るとすぐ野球をやっている浜に出る。今日も、ヒットの範囲《はんい》が狭《せま》い三角ベースの野球をやっていた。

「アウトー」

弟の明が三振《さんしん》したところだ。

「陽ちゃん、こっちに入れたるでぇ」

陽子を見つけて真治が手招《てまね》きする。真治と明のいるチームは四対三で負けていた。

次のバッターは、バットの芯《しん》でとらえてホームラン……ではなくて……ポチャンファール。海へのファールボールは、打《う》ったバッターがボールを取りに行くルールだ。ズボンを膝《ひざ》まで捲《たく》し上げて急いで海に入って行く。遠浅の海は、グランドの一部でもあるが、ボールを取りに行けないこともある。たった一つしかない真治のゴムボールは、波乗りをしながら沖《おき》へ沖へと逃《に》げて行く。

明が、ポケットから昨日父ちゃんに作ってもらったボールを出す。ナイフでコルクの栓《せん》を球《たま》にして、その上から被《かぶ》せた新聞を糸でぐるぐる巻きにしたボールは堅《かた》いので当たると痛い。

ツーアウトツーストライクで試合再開《しあいさいかい》。バッターは、意表を突《つ》いたバントで頭から突っ込んだ。

次のバッターは陽子。真治が頭のてっぺんを二つ叩《たた》いた。陽子は真治のサイン通《どお》りに、持ち替《か》えたバットを思いっきり振った。

高く上がったフライをセンターがポロリと落とす。綿《わた》を入れた布製《ぬのせい》のグローブは右手を添《そ》えないと失敗することが多い。六年生に叱《しか》られて口を尖《とが》らせるセンター。

「やったやったー」

ヒットを打った陽子よりもサインを出した真治の方が大喜び。次のバッターは真治。

「打ったるでぇー」

と、太くて長い流木《りゅうぼく》のバットを高々と上げて相手の外野《がいや》を下がらせる。

コォーン

真治のホームランボールがセンターの頭の上を越《こ》して行く。

「あっ」

ボールが流木を拾っていた鶴吉さんに当たった。痛いのか、砂の上に頭を抱《かか》えてしゃがみ込んだ。皆は、すぐに真治の周りに集まったが誰《だれ》も謝《あやま》らない。そればかりか、グローブを上げて鶴吉さんにボールの催促《さいそく》をした。立ち上がった鶴吉さんは、顔を赤鬼のように怖くして、当てられたボールを力いっぱい投げて、遠くの海に落とした。

鶴吉さんは、抑留《よくりゅう》されていたシベリアから明が生まれた年に生きて帰って来た。

「生きとんなった」

と村の皆は喜んで迎えた。けれども、その中に家族の姿《すがた》は無かった。家族は皆、墓《はか》に入っていた。その日から、鶴吉さんは、誰とも口を利《き》かないし挨拶《あいさつ》もしない。家の雨戸《あまど》を全部閉め切り、入り口も板で釘《くぎ》づけして梨山《なしやま》のふもとの小屋に移り住んだ。

小母《おば》さんたちは、子どもたちの前でも平気で悪口を言う。

「被《かぶ》せてある梨の袋《ふくろ》が時々破《やぶ》られとるらしいなぁ」

「そんなことをするもんは、あの人しか考えられん」

「あの小屋は、水道も電気も通《とお》っとらんし便所もないらしいわ」

「小屋の中でウサギと一緒《いっしょ》に寝とんなるらしいでぇ」

「そりゃ不衛生極《ふえいせいきわ》まりないわ」

そんな噂話《うわさばなし》が鶴吉さんをますます無口《むくち》にしていた。

鶴吉さんが、小屋の前を流れる谷川に大きな丸い石をいくつも並べて水の溜《た》まりを作っていると、

「あの石は、賽《さい》の河原《かわら》のつもりだらぁかなぁ」

「死神《しにがみ》に取り付かれとんなる」

と、きみ悪がった。

「訳有《わけあ》りの人だしけ口をきいたらあかんでぇ」

と、声を潜《ひそ》めて陽子に注意する小母さんたちに婆ちゃんが怒《おこ》った。

「戦争で怖いめにいっぱい遭《あ》いなっただ。殺したり殺されたりそれが戦争だしけ……戦争に行った男はみんな訳ありだ。でも、みんな黙《だま》っとんなるだ」

鶴吉さんは、戦死した父ちゃんの弟と同い年。

「三十八才の午《うま》だしけまだ若いだ」

と婆ちゃんは言う。

「はよう悪い夢から覚《さ》めなるとええだがなぁ」

と、時々気に掛《か》けて仕事を頼んだりして野菜《やさい》を届《とど》ける。そんな婆ちゃんにも、鶴吉さんはお礼を言わないし、道ですれ違《ちが》う時も目を合わさない。

「風を通さんしけ、床《ゆか》が抜け落ちとらぁで」

と婆ちゃんが心配する鶴吉さんの家の屋根に生えた草が、小さな黄色い花を咲かせている。その上の空をカラスが西の山にある巣《す》に群《む》れをなして帰って行く。野球で遊んでいた子どもたちも、浜から県道に上がった。

野球で遊んだ次の日もまた次の日も、北西の風が暴《あば》れて庭の柿《かき》の葉っぱを落としきった。雪が降《ふ》り海の荒《あ》れる冬場、父ちゃんは京都で酒《さけ》を造《つく》る杜氏《とうじ》になる。だから、陽子の家では、雪が消える春まで、父ちゃんから母ちゃんへと大黒柱が入れ代わる。婆ちゃんがちょっとだけ優《やさ》しくなって母ちゃんが強くなる雪の降る冬が陽子は好きだ。

明日《あした》京都に行く父ちゃんは忙《いそが》しい。

「重いしけ気を付けて運べ」

「隙間《すきま》が開《あ》きすぎとる」

など、雪囲《ゆきがこ》いを手つだっている陽子へ出す指示《しじ》の声が、

「牛小屋の前の戸は横向きだ」

「歪《ゆが》んどるがな。真っすぐ立てて」

と、だんだん大きくなる。

雪が多い年は、積雪《せきせつ》一メートルを越すこともざらにあり、屋根から落ちた雪と一緒にな

ると三メートルにもなるので、玄関《げんかん》の戸や雨戸が動かなくなる。だからスダレなどを掛ける位置《いち》に板を立てて雪と雨戸との間に薪《まき》などを取りに行ける通路《つうろ》を確保《かくほ》する。陽子の家の雪囲いは、昔の雨戸を使っているので重い。嵐《あらし》の日の突風《とっぷう》にも負けないように上と下をロープで締《し》めて繋《つな》いでいく父ちゃんの顔は真剣《しんけん》だ。

「あはーたれが。しっかり押《お》さえとけ」

父ちゃんの大声に牛が一嘶《ひとな》きして小屋の奥に入る。

「風呂の火を見てくれや」

学校から帰るとすぐ台所から声が掛かる。台所では、赤い汁《しる》が蒸《む》し器《き》から吹《ふ》きこぼれている。焦《こ》げない様に婆ちゃんが薪を引いて火を弱める。母ちゃんは畑に出ていていない。陽子は、風呂の炊《た》き口からはみ出ていた長い流木を奥に押し込む。風呂の中で勢《いきお》いよく掛け湯していた音が止まった。

頭から湯気を立ち昇《のぼ》らせて下着姿《したぎすがた》の父ちゃんが出て来た。戦争の傷《きず》が、風呂上がりには怒ったように赤く盛り上がる。顔では、ダイナマイトの点火事故《てんかじこ》で食い込んだ石があちこちで膨《ふく》らんだままだ。

父ちゃんは、太い皮ベルトで剃刀《かみそり》を研《と》いでいく。柱時計《はしらどけい》の振子《ふりこ》に合わせてシュッシューと強弱をつけて研《と》ぐ。口の周りの薄《うす》い肉は、少しの油断《ゆだん》で血を噴《ふ》くので刃の仕上げは慎重《しんちょう》だ。

「強そうにみえるだらぁ」。髭《ひげ》もじゃらの顔をこすりつける父ちゃんが、小さい頃の陽子は苦手《にがて》だった。終戦から十年たった今でも、出かける時以外は髭を剃《そ》らない父ちゃん。久しぶりの髭剃りは、まずはハサミでカットすることから始まった。次に熱いタオルで顔を蒸《む》す。最後は、泡《あわ》を載《の》せて口の周りの筋肉《きんにく》を引《ひ》き伸《の》ばし、鏡《かがみ》とにらめっこしながらゆっくりと剃っていく。

今日は、拭《ふ》き取ったタオルに血の泡は付いていない。

夕方の汽車で京都に行く父ちゃんに持たせる赤飯が蒸し上がった。

「熱いしけ火傷《やけど》をせんやぁに」

握《にぎ》るのが初めての明に婆ちゃんが手本を見せる。

「あっちっちっち」

明が大騒《おおさわ》ぎしながら放《ほう》り投《な》げたおにぎりを父ちゃんが受けた。

「あはぁーたれが」

髭剃り跡《あと》の青い父ちゃんは、怒っていても男前で優しく見える。

汽車までの空《あ》いた時間に、今年最後の墓参《はかまい》りに行く父ちゃんに陽子と明もついて行く。クリーニングしたてのカッターシャツと背広《せびろ》。少し歪《ゆが》んだ縞《しま》のネクタイ。本職百姓《ひゃくしょう》の父ちゃんは、ネクタイの歪《ゆが》みなんか気にしない。

トンネルの近くで、目と鼻の下が赤い鶴吉さんとすれ違った。鶴吉さんは、挨拶《あいさつ》をした父ちゃんにも黙《だま》ったまますれ違った。

丘の上の墓地《ぼち》からは、壺形《つぼがた》の湾《わん》と五十軒《けん》の村全体が見下ろせる。鶴吉さんの家の藁屋根《わらやね》が西日に照《て》らされて黄金色《こがねいろ》に輝《かがや》きながら傾《かたむ》いていた。

ひときわ目を引く石柱《せきちゅう》を鎖《くさり》でつないだ大きな墓石《はかいし》は、戦死した亀雄叔父《おじ》さんの墓だ。台には、大砲の弾《たま》の摸造《もぞう》が埋《う》め込《こ》まれている。殉死《じゅんし》によって伍長《ごちょう》に昇進《しょうしん》した叔父さんの墓は、遺族年金《いぞくねんきん》を貰《もら》っている婆ちゃんが建てた。左右の花入れに、誰かが供《そな》えた椿《つばき》の枝《えだ》が堅《かた》い蕾《つぼみ》を付けていた。

父ちゃんは、持ってきた酒を叔父さんの石碑《せきひ》に掛けて手を合わせた。最後に父ちゃんが手を合わせたのは、静子姉ちゃんの墓石だ。海から拾った丸い石が置いてある。早すぎる死は親不孝とされて、子どもの墓はどこの家も同じような丸い石だった。

「漬物石《つけものいし》だ」

と笑った明の頭を父ちゃんが鷲摑《わしづか》みにして下げさせる。二歳の時、風邪《かぜ》をこじらせて天国に行っちゃった静子姉ちゃん。戦地で事故に遭《あ》った父ちゃんが生死《せいし》の境《さかい》を行き来していた頃だったそうだ。だから、父ちゃんが戦争に行ってから生まれた静子姉ちゃんは、父ちゃんに抱《だ》かれたこともないし顔も知らない。

父ちゃんから聞く初めての戦争の話は、どれも短かった。それでも、トンネルから出た貨物列車の高い汽笛の音と一緒に、十歳の陽子の心の隅々《すみずみ》にまで滲《し》みこんだ。

「重たいしけ気をつけて持って行けぇや」

婆ちゃんの用事は、父ちゃんの割り残した丸太をリヤカーに積んで鶴吉さんの小屋に運ぶ仕事だった。

「話は通してあるしけ、留守《るす》でも置いてくりゃあええだ」

婆ちゃんが丸太の上に大きな袋《ふくろ》を三つ載《の》せた。薪割りの手間賃《てまちん》だ。陽子の家でとれた米と麦《むぎ》とさつま芋《いも》が入っている。リヤカーが鶴吉さんの家に到着《とうちゃく》した。小屋の壁《かべ》が、ギョギョっとなるほどの派手《はで》な作りに替《か》わっていた。なんとガラスの割れたパチンコ台が釘《くぎ》を外側にして壁に打ちつけられている。窓の半分は、少し新しい台が裏向きで付けられている。その向こうで玉を打つ音が聞こえる。陽子が丸太を下ろしている間もパチンコの音は途切れない。陽子は、声をかけるのを止めて下り坂を走った。

鶴吉さんの家の軒先《のきさき》に吊るしてあったあの干し柿は、絶対明が皮を剥《む》いた柿に違いなかった。縄の端《はし》に結《むす》んであったのは、小さくて着られなくなった陽子の浴衣《ゆかた》の切れ端だ。だから間違《まちが》いない。

小母さんたちの「ものが無くなる」という噂《うわさ》は、本当なんだと、この時陽子は確信《かくしん》した。陽子の寝ている二階の窓の吊るし柿は、梯子《はしご》をかけて屋根に上がって来ないと外からは取れない。下り坂を走ると、リヤカーの握《にぎ》っているパイプが顎《あご》を突き上げて足が宙《ちゅう》に浮く。そしてますますスピードが出る。どっちの恐怖《きょうふ》なんかよく分からないまま冷たい汗が背中のまん中を流れて行く。

「そりゃあ、雪囲《ゆきがこ》いに決まっとるがな。捨《す》ててあるパチンコ台とは、鶴さんもなかなかかえとこに目をつけなったなぁ」

と、青ざめて帰って来た陽子から話を聞いた婆ちゃんは、腕組《うでぐ》みをして感心する。おまけに、

「吊るし柿もだれぞにもらいなったんだらぁ。むやみに人を疑《うたが》ったらあかんだぁ」

と、泥棒扱《どろぼうあつか》いをした陽子を叱《しか》った。

陽子たちの父ちゃんと真治の父ちゃんが京都に行った次の日曜日、約束通り真治が竹を

抱えて陽子の家にやってきた。大工道具《だいく》も持参《じさん》だ。

「上に乗ってみー」

　持ってきた竹に明と陽子を乗せて二人の足の幅にちょうどいい竹を選んだ。

「節《ふし》と節の間が長いことが竹を選ぶ時の基本やから覚えときや」

「青い竹は薄《うす》いから弱い。古くて厚さのある竹で作る。後は、腕《うで》しだいや」

と言いながら選んだ竹を立てて陽子と明の身長と同じところに印《しるし》をつけた。印のところを鋸《のこぎり》で切るのだという。鋸の歯はこぼれやすいので、陽子の家では子どもは禁止の大工道具だ。

「しかたがないなぁ」

と言いながら真治が三人分の鋸を引く。身長の同じ真治と陽子の竹は同じ長さで、明の竹は身長の違う分だけ短い。それでも竹を縦割《たてわ》りするにはどちらも踏《ふ》み台《だい》に乗らないと鉈《なた》が振るえない。真治が鉛筆《えんぴつ》でひいた対角線に鉈を打ちこんでどんどん割って行く。

「ばらばらや」

と心配する明。

「ここで足板の出番や」

と、真治が。明と陽子の靴底《くつぞこ》よりも大きい板を一枚ずつ、揃《そろ》えた二つの竹にくっつけていく。

「これで、底がぺったんこやろぅ。だからこけにくいんや」

と裏返した竹スキーを陽子と明に見せる。これで明と陽子のスキー板が決まった。次は、滑《なめ》らかにするために、それぞれが自分のナイフで節と側面を削《けず》っていく。

「明もなかなかできるなぁ」

「へっちゃらの、かんちんかんちんや」

と、夕べ必死で鉛筆をナイフで削って練習していた明が見栄を張る。

「ここは無理」

竹を曲げる部分の薄削《うすけず》りは難しい。

「天才に任《まか》せとけ」

と、真治が次々に全員の分を削り終わった。

「真ちゃん御苦労さんだなぁ」

婆ちゃんがスキー板の仕上げに使う火の入った七輪《しちりん》を持ってきた。火にあぶってスキーの先を反らせる時は、火に近付け過ぎても火から離れ過ぎても上《う》手《ま》く曲がらない。

「少しずつ……少しずつ……」

竹はなかなか曲がらない。強く曲げたら折《お》れそうで怖い。

「貸《か》して見ーや」

婆ちゃんが陽子から竹を取りあげた。削って薄くなった部分を火であぶる。シュンシュンと生臭《なまぐさ》い様な香《こう》ばしい様な竹の匂いがして、水分が抜けて行くのが分かる。

「今だ」

真治の合図で、婆ちゃんが竹を踏《ふ》んでいっきに四十五度に曲げた。

「速く速く」

真治に言われて、婆ちゃんは、あぶったところを慌《あわ》てて雪に突っ込んだ。板が出来上がると今度は靴《くつ》を止めるベルトが要る。

「真ちゃん、これでもええか？」

明が納屋《なや》に隠《かく》しておいた丈夫な帯ベルトと、踵《かかと》を固定するチューブを出して来た。

「どこから盗《と》ってきたん」

問い詰める陽子に明の意外な返事が返って来た。

「鶴吉さんにもらった」

「うっそー」

そんなはずは無いと真治も陽子も目を丸くして叫んでいた。でも婆ちゃんはことのしだいを飲み込んで嬉《うれ》しそうに、

「そうかそうかえ。鶴さんが吊るし柿と交換《こうかん》してくれたんかえ」

と言って明の頭をなでている。

真治がそれぞれの靴に合わせてそれらを鋲《びょう》で打ちつける。明が空《あ》けた穴に紐《ひも》を通して竹スキーが完成した。後は雪を待つばかりだ。


海の上で鍋底色《なべぞこいろ》の空が垂《た》れさがり、ほぼ暦《こよみ》通りに冬がやって来ていた。それでも三度降った雪はどれもスキーが出来るほどは積もらなかった。

陽子は、背中を洗っていたヘチマで風呂の曇った窓ガラスをこすった。そこから、夜空のあっちこっちに稲光《いなびかり》を走らせている雷《かみなり》が良く見える。「雪おこし」といって大雪の前触《まえぶ》れだ。陽子は口を尖《とが》らせながら風呂の底板をゆっくりと沈めた。

庭で稲光を見ていたという明が冷《ひ》えた体で狭い浴槽《よくそう》に割り込んで来た。

「冷たっ。離れて！」

突然《とつぜん》、ドッドーンの大きな音で風呂の裸電球《はだかでんきゅう》が切れた。

昭和三十年代は雪で無くてもよく停電《ていでん》になってはいたが、雷が落ちたのでは電気の復旧《ふっきゅう》は、今日は無い。

「おー寒ー。明日の朝は大雪やでぇー」

村の寄り合いから帰って来た母ちゃんが肩と頭に積もったアラレを土間《どま》に払い落とす。

先にアラレが降った夜の雪は積もりやすい。

「明日は日直やしー大雪になったらいややなぁ」

「陽ちゃん最悪やなぁ」

ロウソクの灯《あか》りの中で、一年生の弟に同情されるとますます気が滅《め》いる。

四年生以上の日直は、ストーブ当番もするので、いつもより三十分早く家を出る。雪道だともっと早く出る。

生まれて初めてのストーブ当番の日が大雪とは、弟の言うように最悪だ。

婆ちゃんが湯たんぽを渡しながら陽子を二階へと追いやる。灯りの無い二階は、窓の外の方が明るく雪が静かに降っている。陽子は湯たんぽを抱きながら数をかぞえる。五百を過ぎると数がどうでもよくなるのはもう寝ているのだろうか……湯たんぽはまだ温かい。


暗いうちに目覚めて外に出てきた陽子に雪の中から母ちゃんの声が聞こえた。日直で早く学校に行く陽子の為に、母ちゃんの雪掻《ゆきか》きが始まっていた。

「えらい早いなぁ」

「七時には出発しないと間に合わないからね」

戸口までもどって来て念を押す母ちゃんの頭から白い湯気が闇《やみ》に立ち上る。

母ちゃんの開けてくれた雪道は、狭《せま》いが踏《ふ》み固められていて歩きやすい。村の中の道は、おおざっぱな分け方で雪掻きの仕事を分けてあった。お宮さんから梨山《なしやま》に続く道は、鶴吉さんの小屋だけなので、子どものための雪掻きはしない。

「おはよーございまーす」

「おはよーさん」

雪掻きの小母さんたちは、日直の陽子に道を譲《ゆず》って雪の中で待ってくれる。村の外れからは、魚を積んだトラックの踏み固めた海沿《うみぞ》いの県道を歩く。海からの風が、陽子の吐《は》いた息で鼻水を誘《さそ》い出す。

校門から玄関まで足跡《あしあと》が一つも無い。はりきって学校に早く着きすぎたようだ。学校の中に住んでいる小使《こづか》いの小父《おじ》さんが笑いながら急いで雪を掻《か》いてくれた。教室に入ってももちろん担任《たんにん》の先生はいない。鼻と足の先は冷《ひ》えて痛いが体はポカポカと温かい。

黒板の右端にチョークで日と曜日と自分の名前を書くとまん中の一番前の席に座った。四年生の中で身長が一番高い陽子の机《つくえ》はいつも一番後ろ。憧《あこが》れの最前列の机と椅子《いす》はちょっと窮屈《きゅうくつ》だが黒板の字が良く見える。教卓《きょうたく》の上の椿《つばき》の花が、昨日よりも少し開いて黄色いめしべを覗《のぞ》かせている。

立ち上がる時、右手の中指が机の横の傷を見つけた。

チキルツ・オメカ

古いナイフの彫《ほ》り傷は、昔の横書きだから反対に読み直す。これは、鶴吉さんと亀雄叔父さんのいたずらが残っている机だった。

ストーブ当番の仕事はまだ何も終わっていない。先ずは昨日の灰をダルマストーブから掻《か》きだしてバケツに入れる。冷えているので火傷《やけど》はしないが慎重《しんちょう》にしないと灰が舞って掃《そう》除《じ》に時間がかかる。

「一緒に行く？」

六年生が誘《さそ》いに来てくれた。ダルマストーブの燃料《ねんりょう》は真っ黒の石炭《せきたん》。鉄棒《てつぼう》の横に置いてある石炭を取りに行くのも日直の仕事だ。顔は知っていても名前は知らない男の子に付いて中が濡《ぬ》れた長靴に履《は》き替える。六年生の足跡は大きい。凹んだ雪の上を大股《おおまた》で付いて行くと、真っ白の小山を六年生がスコップで崩《くず》した。

「灰は、そっちだ」

教えられた左側の低い山も真っ白い雪で隠されていた。バケツからぶちまけた灰で、美しかった小山が一瞬《いっしゅん》で汚《よご》れた。

「早くしぃー」

六年生がスコップで石炭をすくったままで待っていた。

煙突《えんとつ》の付いたダルマストーブに、持ってきた柴《しば》と豆がらと新聞を入れてから石炭を放り込んで天蓋《てんがい》を閉める。マッチの火が、パチパチと音を立てて新聞から豆がらに移っていく。しばらくすると、濡れていた石炭が燃え始めた。空気の調節板を半分開けたまま焚《た》き口《ぐち》を長い鉄の鍵棒《かぎぼう》で閉める。

次は、大きなブリキの四角い缶《かん》にすのこを入れて水をはる。

「おはようございまーす」

先生の後から、

「陽ちゃんおはよう」

と次々にマントの雪を払いながら子どもたちが入ってくる。

「弁当箱を缶に入れてから外に行って下さーい」

陽子は日直言葉で皆の弁当箱をストーブの上で温める缶の中に並べさせる。

「宿題を忘れた子は、やってから外に出て来い」

と先生に言われても誰も聞いてはいない。

「雪合戦。雪合戦」

と弁当を缶に入れると、先生の後を追って外に飛び出して行く。

この冬初めての雪合戦。皆が先生をめがけて投げている。陽子も二階の窓の桟《さん》に積もっていた雪で小さいけれど堅《かた》い雪玉を作って投げる。残念。誰にも届かない。

小使いさんの鳴らす始業の鐘が今日はいつもより大きくて長い。先生に追い立てられながら子どもたちが校舎《こうしゃ》に吸い込まれて来る。真っ白で平らだった運動場はでこぼこになり、あちらこちらに雪だるまが生まれていた。

陽子は暖かいストーブから一番遠い自分の席に座った。


昨日の大雪で、まだ残っている雪が太陽を照《て》り返してまぶしい。サングラスをかけた真治が初滑《はつすべ》りを誘いに来た。竹スキーを担《かつ》いでサングラスをかけた真治は、めちゃくちゃ悪い人みたいなのに、明は、

「かっこええなぁ」

と自分もかけさせてもらって大喜び。

「遭難《そうなん》したらこれで命を繋《つな》いどけぇや。助けにいったるしけ」

と、婆ちゃんは、三人のポケットに新聞に包《つつ》んだ干《ほ》し芋《いも》をねじ込むと、

「怪我《けが》をせんやぁに遊んで来い」

と言って、行き先を聞かずに明の尻《しり》をポンと叩《たた》いた。

県道から浜に下りる短い坂では、小さな子どもたちがソリ遊びに夢中だ。竹スキーを担《かつ》いだ三人は、手を振るだけで浜には下りない。初すべりは、梨山の前の坂と決めているのだ。鶴吉さんの小屋の前の坂なので始めは渋《しぶ》っていた真治だが、パチンコ台見たさに賛成《さんせい》派《は》に回った。お宮さんを抜《ぬ》けて駅と反対の道を左に折れる。ここからは、足跡一つない白い坂道が続く。傾斜《けいしゃ》が二十度ぐらいと手ごろなうえに、道が広くて長い。スキーで滑るにはもってこいの穴場《あなば》だ。

「ここは谷底やし、風が弱くて雪も溶《と》けにくいし最高やなぁー」

と、真治も先頭を切りながらご機嫌《きげん》だ。

新しいウサギの足跡が谷川から山側へと横切っている。黒くて丸い糞《ふん》から湯気が上がっているので、ついさっき通ったのだろう。ここからは、横一列で全員先頭になって足跡をつけて上って行く。

ボコボコ凹《ポコ》　ボコボコ凹《ポコ》

新しい穴は長靴の中に雪を誘い込む。谷側に被《かぶ》さっている枝が、時々載《の》せている雪を思い出したように振い落とす。歩幅《ほはば》の小さい明が少し遅《おく》れて付いて来る。

「二人とも、湯気人間やぁ」

そういう真治も火照《ほて》った体のあちこちから白い湯気を立ち上らせている。

「イタッ」

メガネを外《はず》しかけた真治が慌《あわ》てて掛けなおす。晴れた日の雪道は眩《まぶ》しすぎる。

「ほんまにすげぇなぁ」

真治がパチンコ台の雪囲《ゆきがこ》いに感嘆《かんたん》しながら小屋を一回りする。明がベルトやチューブと交換《こうかん》した吊《つ》るし柿《がき》は、縄ごと無くなっていた。

「留守《るす》とちゃうか」

と言いながら、明がいくつも庭に置かれている丸い石の雪を払って行く。確かに雪が降ってからの足跡が無いしパチンコ玉の音もしない。陽子も留守だと思ってほっとした。陽子と明で、小屋の前のスタート地点の雪を踏み固める。

「死んでるー」

丸い石の上に乗って中を覗《のぞ》いていた真治が素《す》っ頓狂《とんきょう》な声を出した。

明が入り口から入った。二人もこわごわ後に続く。

鶴吉さんは死んでなんかいない。寝ていただけだ。枕元に銀色の缶が置いてある。陽子の家にもある風邪薬《かぜぐすり》だ。食べ終わった後の食器がピラミットの様に重ねてあり、くしゃくしゃのちり紙は散らかってはいたが、部屋は臭《くさ》くはないし噂《うわさ》のウサギもいなかった。

「遊んでもええ?」

聞いた明に鶴吉さんはちょっとだけ首を縦にふって外に出て行った。

手動のガラスの填《は》まったパチンコ台が一つ。球《たま》もたくさんある。球を一つ入れて一回弾《はじ》く。十球《じったま》で交代《こうたい》。三人とも狙《ねら》った所にはなかなか入らない。湯気の出ていた体が冷《ひ》えるのは早い。

鶴吉さんはどこかに行ったまま帰って来ない。真治が婆ちゃんからもらった干し芋を一つだけ口に咥《くわ》えて残りをパチンコ台の前に新聞紙ごと置いた。陽子も明も同じことをした。

鶴吉さんの足跡は、川に下りる道へ続いていた。

「さぁ、順番に滑《すべ》るでぇ」

先ずは真治が先頭を切る。踏み固めていないゲレンデはスピードが出ない。真治が付けてくれた凹んだスキーの痕からはみ出さない様にして明が滑って行く。スキーの先端に取り付けたロープを顔のすぐそばまで引っぱるのでへっぴり腰の明は、何度も転んで大きな穴を空けまくる。

「スキーを上げて上げてー」

と、明が転ぶたびに真治が声を掛ける。

「もういいでぇー」

真治の出発合図が出た頃には、陽子の体は冷えて手袋をしていない手はしびれて痛い。

しかも明と同じところで必ず転ぶ。

「危ない危なーい」

下で真治がいくら叫んでも陽子の竹スキーは止まらない。怖いほどスピードが増していく。

「尻《しり》もち尻もち」

止まらせようと真治は必死で自分もこけて見せる。

「あー――」

陽子の滑《すべ》っていた道の端が傾《かたむ》いていく。道だと思って滑っていた処は、小川の土手にかぶさっていたススキの上だった。いつも牛の草刈りをしている場所から川に落ちた。

「あっはは……」

震えながら照れ笑いする陽子。腰から下はびしょ濡《ぬ》れだ。

煤払《すすはら》いの次の日は、いよいよ正月用の餅つきだ。婆ちゃんも母ちゃんも朝から餅つきの準備でてんてこ舞い。

陽子と明は、搗《つ》きたての餅をくっつける餅花《もちばな》の木を取りに山に入る。エノキ・ミズキ・クロモジのどれでもいい。

鶴吉さんの小屋から上は、歩きにくい山道を避けて雪の少ない川伝《かわづた》いに進む。それでも二人の長靴にズボンに付いた雪が入り込む。時々枝から落ちた雪が首筋に入り込むと、キャーキャーと大騒ぎしながら浅い小川を上っていく。小川の上流なのに角《かど》の取れた漬物《つけもの》石《いし》のような丸い石が川底を埋め尽《う》くしている。

「陽ちゃん……賽《さい》の河原《かわら》って何のこと？」

「死んでから行く河で鬼が意地悪する河原らしいけど、よー知らんわ」

「鶴吉さんのとこの庭の石なぁ」

「あのまるっこい石か？」

「うん、あれはみんなここの石やで。ぼくなぁ、鶴吉さんが食べたウサギの骨を埋めて、その上に石を乗せてるのを見た」

陽子は、喉《のど》から出かけた言葉を飲み込むと、

「石で重しをしといたら、狸《たぬき》やカラスに掘《ほ》り起こされんしやなぁ」

と言って、弟と自分を納得《なっとく》させ、川伝いをやめて山道に入る。さっき見た鶴吉さんの丸い石に冠《かんむり》のように載せてあった紅い実の付いた冬苺《ふゆいちご》の蔓《つる》が雑木林《ぞうきばやし》の下を埋め尽くしている。

二人は、足にまつわりつくそのトゲのある蔓を鎌《かま》で振り払いながら、雪のないところを選んで歩く。

餅花を付ける木は、最初に見つけたクロモジに決まった。

母ちゃんが、温めておいた臼《うす》の中に蒸《む》し上がった餅米《もちごめ》をセイロごと移すと、陽子が布巾《ふきん》とすのこを素早く取る。すぐに婆ちゃんがお湯で温めていた杵《きね》を母ちゃんに渡す。「皆の呼吸がぴたりと合った時に美味《おい》しい餅になる」は、婆ちゃんの口癖《くちぐせ》だ。母ちゃんが、蒸した餅米が熱い内に杵で潰《つぶ》してこねる。腕の力に体重を加えて米粒の形が見えなくなると、

「できたでぇ」

と、陽子を呼ぶ。

「縁《ふち》に当たらん様に餅だけを見て搗《つ》くだ」

婆ちゃんの心配は大事な臼に傷をつけられないことだ。

「掛け声に合わす」

と、自分の手を心配する母ちゃん。

「はい……はい……はい……」

と、言いながら母ちゃんはぬるま湯で手を湿《しめ》らせながら返し手をする。

「もっとまん中……まん中」

陽子の下ろす杵が、折りたたんだ餅からずれると婆ちゃんのダメだしが入る。

「よいしょっと」

「上出来だわいや」

母ちゃんの二回目のひっくり返しで餅はなめらかになっていた。鏡餅にする一臼目《ひとうすめ》が終わると、陽子は畳《たたみ》の上で大の字になって次に備える。セイロを三段にして蒸しているので休憩《きゅうけい》が短い。婆ちゃんの丸めた小餅は、行儀《ぎょうぎ》よく四角いもろぶたの上に五十個ずつ並んだ。

五臼目の最後に、少し残しておいた餅に食紅《しょくべに》を入れて紅餅を作る。白も紅も熱いうちにバランスを考えてクロモジの枝にくっ付けて豊作を願う餅花が出来上がった。

栃《とち》の実の入った最後の六臼目が蒸しあがった。貰いものの栃の実に沢山の手間暇をかけていた婆ちゃんは、湯気を嗅《か》いで嬉しそうだ。

栃の実は、白い餅米となかなか混ざらない。

「まんだ斑《まだら》だしけ頑張れや」

と、婆ちゃんは顔を見るたびにそう言って首を振る。

だんだん腕の力が弱くなり、杵を餅に落とすのがやっとだ。

「最後に一つ」

てかてかになって、やっと母ちゃんの合格が出た。

「よーがんばったなぁ」

婆ちゃんは、両手で伸ばした搗《つ》きたての栃餅《とちもち》に、陽子の分だけ砂糖《さとう》を包んで餅つきの駄《だ》賃《ちん》にした。

大晦日《おおみそか》の日は、どんな用事も子どもたちは二つ返事で引き受ける。

「これを鶴吉さんに持って行ってあげねぇ」

と、婆ちゃんは布巾《ふきん》をかぶせたお盆を陽子に持たせた。明がちらっと捲《めく》った布巾の下は、白い小餅の中に栃餅が三個。

「ええー、三つもぉー」

明が口を尖らす。陽子の家の栃餅は、雑煮《ぞうに》でもお代わりはさせてもらえない貴重な餅なのだ。

「ちょっくら待っててくれぇや」

と婆ちゃんが陽子の部屋へと続いている階段を上りだした。急な階段なので這《は》って上る。手に持っているのは鍵だ。明も察して陽子の後からそっと上ってくる。

長持ちの上の布団を下ろすと、いよいよだ。長持ちに鍵を差し込む音で明が唾《つば》を飲み込む。カチッと鍵が開いた音で今度は陽子の喉《のど》が鳴る。黒い長持ちの蓋《ふた》がゆっくりと上がった。蓋の内側は、白っぽい桐《きり》の木だ。

「見たかったら入って来い」

廊下《ろうか》で二人が覗《のぞ》いていたことはばれていた。長持ちには、宝箱の様に色んな物が紐《ひも》で束《たば》ねて入っていた。父ちゃんたちの通信簿もあるが見せてはくれない。

「父ちゃんは、賢《かしこ》かったん？」

「これぐらいかなあ……いやもっと賢しこかったなぁ」

と、婆ちゃんは両手をいっぱいに広げて笑った。

戦死した亀雄叔父さんの兵隊の時に使っていた手帳は、半分から後ろは何も書いて無い。軍服の胸に大きな勲章が付いている。

「金鵄勲章《きんしくんしょう》だわいや。空を飛んどるトンビの羽根だそうだ。死んでからもらっても嬉しない代物《しろもの》だ」

とさっさと軍服を畳《たた》んだ。

「これだこれだ」

と下の方から出して来た缶の中には、古い手紙やはがきの束と写真が入っていた。ほとんどに戦地からの消印が押してある。兵隊さんの写真も多い。

「よう思い出したわいや」

と婆ちゃんは膝《ひざ》を叩いた。自分を誉《ほ》める時の癖《くせ》だ。

探《さが》し出したのは、男の子と大人が二人ずつ写っているセピア色の写真だ。上目使《うわめづか》いで母親のエプロンの端を握《にぎ》っている背の低い子には、鼻の横にほくろがある。

「鶴吉さん」

明が一人目を当てた。

「頭と耳が大きくて下《さ》がり眉《まゆ》は亀雄叔父さん」

こんどは陽子が当てる。飾《かざ》ってある写真と同じ顔だ。細い方の女の人は婆ちゃんだった。体型が変わっているので別人に見える。

もう一人は、陽子が生まれるよりもずっと前に亡くなっている鶴吉さんのお母さんだった。京都から来たお客さんに写してもらった写真だそうだ。

「この時代は、村で写真機をもっとるもんは一人もおらなんだで、鶴さんは、母親の写真は一枚も持っとらんはずだ」

婆ちゃんは、亀雄叔父さんと一緒に写っているたった一枚の写真に未練を残さない。

「亀の写真は他に何枚も持っとるしけええだ。何にも言わんと置いてくれればええ」

と、額縁《がくぶち》に入れて餅《もち》とは別の風呂敷《ふろしき》で包んだ。

めずらしく、お使いに明が付いて来る。お宮さんの周りは綺麗《きれい》に掃《は》かれて葉っぱ一枚落ちていない。

スキーで遊んだ鶴吉さんの家への道はぬかるんでいた。明がびちゃびちゃと音を立てて歩く。長靴が新品で嬉しいのだ。雪に付く靴底《くつぞこ》の波模様《なみもよう》が尖《とん》がって美しい。

「鶴吉さん喜んでくれるかなぁ」

「たぶんやけど……喜んでくれるんちゃう」

一度も見たことがない鶴吉さんの笑顔が今日見られるかも知れないと思うと、上り坂も苦にならない。西の空が急に暗くなってアラレが降って来た。二人の足が早くなった。汚れていた雪がどんどん白に塗りかえられていく。

「こんにちはー」

中の返事を待たないで明が戸を開けた。鶴吉さんの顔は驚いてはいても怒ってはいない。目の合った陽子から慌《あわ》てて視線《しせん》を逸《そ》らす。鶴吉さんの小屋の中は、寒いけれど綺麗に片付いて布団もたたんであった。それればかりか、真っ赤な椿の花が、ラムネの瓶《びん》に活《い》けて木箱の上に飾ってある。

明が風呂敷きを解《ほど》くと、鶴吉さんは餅を紙箱に詰め替えてから、餅に頭を下げた。

陽子は何も言わずに写真を椿の横に立てた。鶴吉さんは、そんな陽子を押しのけて写真の前に正座した。手を合わせている鶴吉さんの背中は、びくりとも動かない。急いで出た外は、アラレから牡丹雪《ぼたんゆき》に変わっていた。

母ちゃんは、元旦《がんたん》の暗いうちから雪掻《ゆきか》きのかっこうで婆ちゃんの入れた熱いお茶を飲んでいる。

「手伝ってくれるか」

風邪声《かざごえ》の母ちゃんが早起きした陽子に雪掻きの手伝いを頼んできた。今年は十年に一度のお宮さんの当番なので、初詣《はつもうで》の人が歩きやすいように境内《けいだい》の雪掻きが初仕事になった。

「こっちを使えや」

と、陽子には先が四角い雪用のスコップを渡し、母ちゃんは土を掘るスコップを担《かつ》いだ。一晩《ひとばん》で膝《ひざ》まで積もってしまった路地の雪に、ぼこぼこと母ちゃんと陽子の長靴跡が付いていく。お宮さんの元旦の雪掻きは、始発の汽車が来る前に終わらせるしきたりなので、陽子の家族しか通らないこの路地は後まわしだ。やっと、路地から少し広い村の道に出る。さっきまで降っていた雪が止んで、雲の切れ目から小さな星が一つ見えている。ここからは、村の皆がお参りするために通るので、路地の様に後回しには出来ない。

「先に鳥居《とりい》から始めといてくれ」

と言って、橋の上から母ちゃんの雪掻きが始まった。

鳥居の下に立った陽子は、一瞬頭の中が真っ白になった。お宮さんの雪掻きがすでに終わっていたのだ。それも、鳥居から賽銭箱《さいせんばこ》までの石畳《いしだたみ》と階段が、すれ違っても肩が触れない十分《じゅうぶん》すぎるほどの幅で空けてあった。

瑠璃色《るりいろ》に変わった梨山の空が、スコップを担《かつ》いで坂を上って行く人の影に少しずつ色をたしていく。

陽子が鳴らした鈴の音が、一瞬その影を立ち止まらせた。

二礼　二拍手　一礼

陽子は今年、初詣の二人目になった。

# 波の向《む》こう側《がわ》

山陰本線《さんいんほんせん》S駅の下で、半農半漁《はんのうはんぎょ》の小さな村が、浜を抱《いだ》くようにして夜明けを待《ま》っていた。

「おはようさんです」

浜の外《はず》れに並ぶ舟小屋のあちこちに、四年生になったばかりの陽子が元気に声をかけていく。

「おぉ、陽ちゃんも海に出るんかいな」

ひい婆《ばあ》ちゃん家の小父《おじ》さんだ。

母ちゃんは、手ぬぐいを取って頭を下げる。

「よろしゅうお願いします」

今年から、就職《しゅうしょく》した姉ちゃんに代わって、陽子が海人《うみびと》の仲間入りだ。

「灯台より手前は、亀島の辺《へん》だけでしたわ」

「洞門《どうもん》の裏側《うらがわ》には、ぎょうさん生《は》えとりましたでぇ」

挨拶《あいさつ》しながら、今年のワカメ情報《じょうほう》を交換《こうかん》し合う。

今日は、ワカメ漁の解禁日《かいきんび》である「やまの口」だ。四月初めのワカメは、丈が短くて採《と》れる岩場が少ないが、柔《やわ》らかくて味がいい。

陽子は、舟小屋から海までの砂浜《すなはま》に、六本の割《わ》り竹《だけ》を枕木《まくらぎ》の様に並べると、廃油壷《はいゆつぼ》から棒《ぼう》を引き抜《ぬ》いた。先に巻《ま》きつけた布《ぬの》から、ぼとぼとときたない滴《しずく》が垂《た》れる。服《ふく》に付かないように腰《こし》を引き、その黒い油をおなと呼《よ》んでいる竹にたっぷりと塗《ぬ》った。

舟を泊《と》めていたロープを外《はず》すと、舟はおなの上を勢いよく滑《すべ》り、舳先《へさき》を海に浸《つ》けて停《と》まった。そのはずみで、舟に乗っていた舟虫《ふなむし》が陽子の長靴《ながぐつ》の中へ。陽子が靴《くつ》を逆《さか》さにして振《ふ》ると、大きな団子虫にゲジゲジの足をつけたような一見不気味《いっけんぶきみ》だがかわいい舟虫が四匹も。陽子は、一匹ずつ海に向かって高く放《ほう》り投《な》げた。

「遊んどらんと舟に乗れぇーや」

お母ちゃんの声が飛ぶ。

陽子は、急《いそ》いで作りつけのサザエを入れる生簀《いけす》の上に腰掛けた。

「海に落《お》とさんように注意するだぁで」

母ちゃんが渡《わた》してくれたワカメ採《と》りの鎌《かま》の柄《え》は、長さが陽子の身長の倍ほどもあった。刃《は》は昨日までの錆《さび》が落とされて、良く切れそうに光っている。

ウ〜

古くからの慣《なら》わしで、魚市場のサイレンを合図《あいず》にやまの口が始まった。

身体のあまり大きくない母ちゃんの漕《こ》ぐ舟も、最初は皆《みんな》と横一線に並《なら》んで進む。母ちゃんの吐《は》く息《いき》が白い。

「がんばるぞー」

陽子は、突《つ》き上げた拳《こぶし》を海に浸《つ》けた。早朝《そうちょう》の水は痛いほどに冷《つめ》たい。陽子の付けた海の筋《すじ》は、決《き》まって櫓《ろ》の手前で消えていく。

エンジンの音がだんだん大きくなってきた。

「お先ですー」

と、手を上げて追《お》い越《こ》して行くのは、去年まで櫓《ろ》を漕《こ》いでいた隣《となり》の家の小父さんだ。帽子《ぼうし》を片手《かたて》で押《お》さえた後《うし》ろ姿《すがた》が、みるみる小さくなっていく。

「やっぱり船外機《せんがいき》は速《はや》いなぁ」

母ちゃんが羨《うらや》ましそうに呟《つぶや》いた。

「ここだったら、陽子も採れそうだな」

母ちゃんが選《えら》んだのは、みんなの向かった洞門《どうもん》よりもずい分手前で、亀島の岩場だった。

「左手で枠《わく》をしっかり持って、ガラスを水面《すいめん》に押し付けんなぁ、ワカメは見つけられんだ」

磯見《いそみ》に使う大事な箱《はこ》めがねを使わせてもらうのが初めての陽子は、舟の下の美しい世界に、すぐ釘《くぎ》付けになった。形の違《ちが》う色とりどりの海草が風に吹かれたように光を拾《ひろ》って踊《おど》っていた。

「他の海草を鎌でよけてから……ワカメの茎《くき》を刈《か》る……それを素早《すばや》く引《ひ》っ掛《か》けて……ゆっくり上げる」

母ちゃんは、先生みたいに実演《じつえん》しながら同じ説明《せつめい》を繰《く》り返《かえ》していた。

「ひゃーカニ！」

側面《そくめん》を四枚の板《いた》で組んで、底にガラスが取り付けてあるだけの箱めがねで、海の底を歩くカニのまだら模様《もよう》までもがはっきりと見えた。

「分かったら、海にはまったり怪我《けが》したりせんやぁに、始めれ」

急《せ》かされて、陽子も茶色のワカメを探《さが》す。見つけても、小さなワカメの茎《くき》を刈《か》るのは難《むずか》しい。何度も鎌《かま》で岩を引っ掛ける。その上、やっと刈っても、舟に上げるまでに落ちて流れてしまう。

「もったいないなぁ」

と、そのたびに母ちゃんが残念《ざんねん》がる。

太陽が頭の上近くになると、母ちゃんの採《と》ったワカメの山は、舟の縁《へり》よりも高くなってきた。初めての陽子の山も舟底を隠《かく》して盛《も》り上がってきた。ピンとはみ出た茎を抓《つま》んで、前歯で噛《か》み切る。ちょっと渋《しぶ》くて絶妙《ぜつみょう》な塩加減《しおかげん》。磯《いそ》の香《かお》りがする生ワカメの茎は、陽子の大好物《だいこうぶつ》の一つなのだ。

「こらっ、株《かぶ》に歯型《はがた》が付いたら、売り物にならんだらぁ！」

今度は母ちゃんに見つかった。

ワカメと一緒《いっしょ》に持ち上げた鎌《かま》の柄《え》が、ワカメの滑《ぬめ》りでぬるぬるとした陽子の手から離《はな》れた。

「危《あぶ》な！」

母ちゃんの手が陽子の鎌の刃先《はさき》を掴《つか》んだ。

「大したことないだ」

と、母ちゃんは、血が滲《にじ》んできた指を海水につけた。

箱めがねが二つとも舟から離れて行っても、母ちゃんは慌《あわ》てない。手ぬぐいを細《ほそ》く裂《さ》いて指に巻《ま》くと、笑いながら紐《ひも》をたぐり寄《よ》せた。箱めがねと舟は、長い紐で繋《つな》がっていた。

「風が変わったわいや」

母ちゃんが西風で髪《かみ》のほつれを直《なお》した。

風が変わると波も変わり、舟も箱めがねも海の中のワカメまでもが揺《ゆ》れた。陽子は、だんだん気持ちが悪《わる》くなってきた。恐《おそ》れていた船酔《ふなよ》いだ。

「指を全部、奥《おく》まで入れて吐《は》くだ」

言われた通《とお》りに口の中に突《つ》っ込《こ》むと、朝食べたものが全部出て少し楽《らく》になった。

「沖《おき》はみんな終わりましたでぇ」

やまの口を終えた舟が次々に帰って来た。

「ようけ採れましたかえ？」

「おかげさんで」

会釈《えしゃく》して、母ちゃんも帰り支度《じたく》にかかった。

「勝ったみたい」

バンザイをしている陽子に、

「みんなは、ここを陽子に採《と》らせたらぁ思って、沖《おき》の岩場に行ってくんなったんだで」

と、母ちゃんは、ちょっと渋《しぶ》い顔でたしなめた。

「今年も、ようけ採んなったなぁ」

船外機《せんがいき》の小父さんが陽子たちのワカメを見ながら追い越していく。小父さんの方がはるかに多い。それを見ながら、

「子牛がええ値《ね》で売れたら、婆《ばあ》ちゃんに船外機を買ってもらおうかねぇ」

と母ちゃんが言った。財布《さいふ》の紐《ひも》は、婆ちゃんが握《にぎ》っていた。


昭和の二十年代、村では、十軒余《じゅっけんあま》りの農家が「よしづる牛」と呼ばれていた農耕用《のうこうよう》の但馬牛《たじまうし》を母屋《おもや》の一角《いっかく》で飼《か》い、子牛を売って家計《かけい》の足《た》しにしていた。

「こってでも大丈夫《だいじょうぶ》？」

ひと月前に生まれた子牛は、小さいうえに、売値《うりね》の安い雄《おす》の牛だった。

「足《た》らん分は、ワカメやテングサをぎょうさん採って売れば……何とかなるだらぁ」

母ちゃんの漕《こ》ぐ舟は、沖からの風に押されて少しだけ速くなった。


冬の風や雪を防《ふせ》いでいた鶏小屋《にわとりごや》の莚《むしろ》を外《はず》すと、浜風が物足《ものた》りなさそうに小屋の金網《かなあみ》を通りぬけた。

庭に出された鶏《にわとり》たちは、柿《かき》の木の根元《ねもと》で、隠れている虫をかき出している。

鶏の小屋出しに続いて、婆ちゃんは、厩舎《まや》と呼んでいる牛小屋の表木戸《おもてきど》を外した。冬中、牛にふみ固《かた》められていた糞《ふん》とおしっこがしみ込んだ藁《わら》の臭《にお》いが、便所の前に漂《ただよ》った。

「臭《くさ》いしけ、ええ、こやしになるだ」

と、婆ちゃんは、手団扇《てうちわ》で臭《にお》いを鼻《はな》に集《あつ》めた。

「ほれ、出て来て外を見れや」

婆ちゃんが呼ぶと、横に二本渡した桟木《さんぎ》の間から、黒毛の二頭が顔を覗《のぞ》かせた。

「どうや?」

と、婆ちゃんは嬉《うれ》しそうに子牛のもじゃもじゃ頭をなぜた。子牛は、初めて見る庭の景色《けしき》や鶏たちを瞬《まばた》きしながら見ていた。

コッコッコッ

大きなムカデの争奪戦《そうだつせん》が始まった。

コォーケコッコォ――ッ
真っ赤な鶏冠《とさか》をだらりと下げた雄《おす》が、金茶色の羽根《はね》を震《ふる》わせながら体当たりする。それでも、鶏冠の破《やぶ》れた雌《めす》は、見つけた餌《えさ》を放《はな》さない。

突然《とつぜん》の乱闘《らんとう》に子牛が不安げに首を振る。

「今日も無《な》かったでぇー」

鶏小屋《にわとりごや》の掃除《そうじ》が終わった陽子が婆《ばあ》ちゃんに卵《たまご》の報告《ほうこく》をする。これで二日、どの鶏も卵を産《う》んでない。

「それじゃあ、叱《しか》ったらぁか」

婆ちゃんは、鶏たちに向かって大声で怒鳴《どな》った。

「卵産まなんだら、鍋《なべ》にして食《く》っちまうで」

恐ろしい一声に四羽《よんわ》の鶏たちは、とっとと小屋に戻《もど》っていった。

子牛も怖《こわ》がって母牛のお腹《なか》に潜《もぐ》り込《こ》む。そんな子牛の顔を、母牛は長い舌《した》で嘗《な》め回す。

「驚《おどろ》かして悪かったなぁ」

婆ちゃんは、頭を掻《か》きながら子牛に謝《あやま》った。

牛小屋の厩舎肥出《まやごえだ》しの日、陽子は一年生の弟の明と、牛飼い場《うしかいば》に牛を連《つ》れて来ていた。そこは、村と港《みなと》が一望《いちぼう》できる村の共同放牧場《きょうどうほうぼくじょう》で、四月の半《なか》ばの南斜面《みなみしゃめん》は、牛の好《す》きな草が短く生《は》え揃《そろ》っていた。

栗《くり》の大木《たいぼく》を、陽子がするすると登《のぼ》って行く。

「お宮さんで縄跳《なわと》びしてるんが見えるでー」

木の中ほどで、下にいる明に教《おし》える。

明は、履《は》いていた靴《くつ》を放《ほう》り投《な》げて木に抱《だ》きついた。片足《かたあし》をかけて次の枝《えだ》を目指《めざ》すが、どうしても次に手が届《とど》かない。突然明が笑い出した。

子牛が明の足の裏《うら》をなめていた。

ドッスン

うずくまる明。

「大丈夫?」

「落ちたんとちゃうわぃ。尻《しり》から降《お》りてん!」

ちょっといきがって起《お》き上がった明は、すぐに子牛を追いかけて走りだした。

母牛は、むしゃむしゃと地面《じめん》で口を動かしながらも、時どき、目で子牛の居場所《いばしょ》を確《たし》かめている。丘全体を柵《さく》で囲《かこ》まれた安全な牛飼い場は、子牛の姿《すがた》が見えなくても子どもたちは安心して山遊びが出来る。

陽子は、イタドリの柔《やわ》らかい根元《ねもと》をちょっとだけかじると、残《のこ》りを母牛に食べさせた。

ンメエ～

この啼《な》き方は、お礼《れい》なのか催促《さいそく》なのか……

牛の世話を任《まか》されて日の浅い陽子には、まだよく分からない。

子牛が帰って来ると、母牛が草の上に横座《よこずわ》りした。子牛は、盛り上がっている母牛のお乳《ちち》に吸《す》い付いた。

陽子は、摘《つ》んだ花を通すためのカモジグサを抜いて、明を誘《さそ》った。

「アク花《ばな》を採《と》りに行くでぇ」

崩《くず》れた崖《がけ》の上に、朱色《しゅいろ》のヤマツツジがあちこちで咲《さ》き乱《みだ》れていた。なぜか、陽子の家では、この色のツツジをアク花と呼んで、サラダの彩《いろどり》にも使っていた。

「これって、悪魔《あくま》の花？」

明が、花をむしゃむしゃ食べながら聞いてきた。

「何で？」

「吸血鬼《きゅうけつき》の好きな血の色と一緒や。いっぱい食べたら悪魔になるんちゃうか？」

「あほらし。こんな美味《おい》しいのに」

「じゃあ、何で悪花《あくばな》なん？」

「嫌《いや》なアクが無くて、美味しいだらぁ。だから、アクが無い花で、アク花。これで一件落《いっけんらく》着《ちゃく》ちゃうか？」

「よー分からんなー」

しゃべりながら茎《くき》に通していた陽子のアク花は、首飾《くびかざ》りが出来るほどの長さになっていた。それをトウモロコシの様に横からかじると、甘酸《あまず》っぱい春の味が口いっぱいに広がった。

子牛が黄色い花の混《ま》じる草むらでチョウチョを追っかけている。ぴょんぴょん跳《は》ねる姿《すがた》は子鹿《こじか》の様に身軽《みがる》だ。

「あっ、あかんわー」

陽子は一気に崖を滑《すべ》り降りると、追い払《はら》うようにして子牛を移動《いどう》させた。黄色い花のキンポウゲは、お腹《なか》を壊《こわ》す毒草《どくそう》なのだ。

「雨だ」

坊主頭《ぼうずあたま》の明が空を仰《あお》いだ。陽子は、母牛に手綱《たづな》を付けると、短く握《にぎ》り、

「急いで帰るしけ、付いて来てな」

と、弟に手綱の付いていない子牛を任せた。

子牛は、母牛の横や後《うし》ろを行ったり来たりしながら、明と一緒に付いて来る。

ゴロゴロゴロー
雷が鳴るたびに、子牛は頭を母牛の腹《はら》の下に突っ込む。

冷たい雨が、海からの向かい風と一緒に突き刺《さ》さる。但馬《たじま》の春は時どき花の季節《きせつ》に冬を連れ戻す。

「陽ちゃん、雪だぁー」

明が鼻に付いた白いものを剥《はが》した。

「桜《さくら》だがな」

山桜の花びらが濡《ぬ》れた牛の身体にぺたぺたとへばり付く。

「乳牛《ちちうし》みたいだなぁ」

半べその明が笑った。

母牛は、時々振り向いて立ち止まる。その鼻面《はなづら》を強引《ごういん》に前へ向けながら、陽子は家路《いえじ》を急《いそ》いだ。ふんふんと雨交《ま》じりの牛の息が陽子の顔に落ちてくる。雨は、ずぶぬれの体に、ようしゃなく叩《たた》きつけてくる。余りの寒さに声も出ない陽子は、前髪《まえがみ》を掻《か》き揚《あ》げた。やっと山道の半分を過《す》ぎていた。

「陽ちゃーん」

子牛を連れずに明が泣きながら走って来る。

母牛をUターンさせて戻ると、子牛は水溜《みずたま》りに足を浸《つ》けて震《ふる》えていた。カーブで母牛が見えなくなって、雷雨におびえていたのだ。

「大丈夫だらぁか？」

「大丈夫だ」

陽子は、心配《しんぱい》する弟にきっぱりと言って、子牛の尻《しり》を叩いた。子牛は、母牛の左側《ひだりがわ》にぴたりと寄《よ》り添《そ》って一緒に足を速めた。

「心配したでぇ」

村の入り口まで迎《むか》えに来ていた母ちゃんも雨でびしょぬれになっていた。二人は、そんな母ちゃんの脇《わき》に抱《だ》きついた。

「くっさーぁ」

明に言われて、野良着《のらぎ》の袖《そで》を交互《こうご》に嗅《か》いでいる母ちゃんの髪の毛から、茶色の雨が落ちている。

軒下《のきした》で待っていた婆《ばあ》ちゃんは、全員に木綿《もめん》の大きな布《ぬの》を渡しながら、

「ほれ、ほれ、子牛に風邪《かぜ》ひかさんやぁにしっかりと拭《ふ》くだぁで」

と言った後、

「雷が落ちて牛が死ぬこともあるだしけ、雲の動きには気をつけなあかんだぁ」

と少し恐《こわ》い顔をして言った。

母牛と子牛が新しい藁《わら》の上に体を寄せ合って横たわると、母ちゃんは、牛小屋の中に冷《つめ》たい風が入らないよう木戸を立てかけた。

薪《まき》を足していた婆《ばあ》ちゃんが、

「風呂《ふろ》が沸《わ》いとるしけ、先に温《あたた》まれや」

と子どもたちを呼んだ。

「おぉー先《さき》ぃっ」

土間《どま》で素っ裸《ぱだか》になった二人は、ぬれた服をそのままに、風呂場へ一直線。

「あっちっちっ」

五右衛門風呂《ごえもんぶろ》の底板《そこいた》がずれて、熱《あつ》い釜《かま》の底に足が着いてしまった。

「この慌《あわ》てもんがーっ」

風呂の焚《た》き口《ぐち》で婆ちゃんが怒鳴《どな》る。

風呂から上がった二人に、婆ちゃんは、甘酒《あまざけ》を鍋《なべ》に用意してくれていた。京都で杜氏《とうじ》をしているお父っちゃんから送ってきた、酒の粕《かす》がたっぷり入った風邪予防《かぜよぼう》の甘酒だ。

「飲《の》みすぎたら酔《よ》っ払《ぱら》うでぇ」

台所からの声が聞こえた時には、二人とも三杯目《さんばいめ》をお代わりしていた。

「美味《おい》しいな」

「ほかほかしてきた」

「牛にも飲ましたらぁか？」

「子牛もほかほかするかな？」

「するする」

母ちゃんの分を子牛にやることで、顔の赤い二人の意見が一致《いっち》した。明が下駄《げた》を履《は》いたその時、

「何処《どこ》いくだぁ！」

と大声が……風呂から上がって来た母ちゃんに見つかった。

「ご飯《はん》が出来るまで炬燵《こたつ》に潜《もぐ》っときねぇ！」

二人は言われるまま炬燵へ。めったに怒《おこ》らない母ちゃんは怖《こわ》い。大きな掘《ほ》り炬燵《ごたつ》の中は、熱いくらいに温まっていた
「大失敗《だいしっぱい》やったな」

目をつむった明が、ぶらぶらさせた足でけってくる。陽子は、

「やめて！　ひっくり返したら、灰《はい》かぐらが立って叩《たた》かれるだらぁ」

と言って、首まで布団《ふとん》を引《ひ》っ張《ぱ》った。

「風邪《かぜ》ひくだらぁか?」

「大丈夫《だいじょうぶ》だ。牛は雨の中でも田を鋤《す》くしけ……」

「でも、雨が降《ふ》ったら、子牛は留守番《るすばん》だでぇ」

明に言われて、子牛の風邪が心配になった陽子だったが、頭がじんじんして、天井《てんじょう》がぐるぐる回っていて、それどころでは無かった。甘酒《あまざけ》に酔ったのだ。

婆《ばあ》ちゃんの使う火吹《ひふ》き竹《だけ》の音が二人の寝息《ねいき》と重《かさ》なっていった。


陽子が草笛《くさぶえ》を鳴らしながらお寺の横を帰って来ると、先に学校から帰っていた明がひい婆ちゃんの家から出て来た。

ほっぺを膨《ふく》らませて、風呂敷《ふろしき》を腰《こし》に巻《ま》いているので、お使いの帰りだ。もうじき百歳《ひゃくさい》になるひい婆ちゃんのお駄賃《だちん》は、ドングリ飴《あめ》ときまっていた。

陽子が手を出した時、石垣《いしがき》から鶏《にわとり》が二人の前に飛び下りた。

「うわっ」

明の口から飴がとび出した。

「何処《どこ》の鶏だらぁ?」

と言いながら、明は、拾《ひろ》った飴を、又、口に入れて砂《すな》を吐《は》き出した。

太い足の鶏が、陽子と明の後《うし》ろをなれなれしく付いてくる。

「お宮さんで、拝《おが》んでいこう」

子牛が病気になって、一週間が経《た》っていた。

二人が鳥居《とりい》をくぐると、鶏も付いて来た。

「飴《あめ》、ちょうだい」

陽子は明のポケットを叩《たた》いた。

「さい銭《せん》の代わりがいるだらぁ」

「うん」

明は、素直《すなお》にひい婆ちゃんから貰《もら》った残りの飴を全部供《そな》えた。

「どうか、子牛の熱が下がって元気になりますように」

「おっぱいを飲めるようになりますように」

二人は、何度も鈴を鳴らして同じ言葉を繰り返して手を合わせた。

石段《いしだん》を下りる二人の両頬《りょうほほ》は、神さんのお下がりの飴でリスの様に膨《ふく》らんでいる。また、さっきの鶏が付いてきた。

「捕《つか》まえてくれー」

六年生の真治《しんじ》の家の鶏だった。走るのを止めた真治は、そぉーっと陽子の後ろにまわり、一瞬《いっしゅん》で羽根を掴《つか》んだ。鶏は、観念《かんねん》したのか、鶏冠《とさか》を垂《た》らして真治に抱《だ》かれた。

「明、ええことさしたるしけ、付いてこいや」

真治のええことは、殺生《せっしょう》が多いが、たまに楽しい遊びもあるので、陽子も一緒に付いて行く。

鉈《なた》を研《と》いでいた真治の父ちゃんが、井戸《いど》の前で手招《てまね》きをした。

「真治、今日は、お前がやれっ」

「俺《おれ》は、殺生はすかんしけ」

蛙《かえる》や蛇《へび》を平気で殺す真治が尻込《しりご》みをする。

「男の子が、そんな気の小さいことでどないするだ！」

真治は、父ちゃんに怒鳴《どな》られて、しぶしぶ桶《おけ》に渡してあった板の上に鶏を置《お》いた。左手で羽根を押さえて、目を瞑《つむ》って、ぎゅっと首をねじった。

グッグッー
陽子は、目隠《めかく》しをしていた指を開いた。鶏は、伸びていた足をぴくぴくさせた後、瞑っていた目を開けた。

「あはーたれがっ。よう一見とけ。こーするだぁ」

おじさんは、素早く自分の体重を腕《うで》に乗せて、鶏の頭の下をぎゅっと押した。

グッ

今度は、一鳴《ひとな》きで舌《した》をペロンと横に垂《た》らし、あっけなく死んだ。

荒縄《あらなわ》で足を括《くく》られた鶏は、

「血抜《ちぬ》きしないと、肉が美味《おい》しく無い」

と、鉈《なた》で首を落とされ、小屋の鴨居《かもい》に逆《さか》さ吊《づ》りされた。頭の無い首から落ちた血が、受け皿に溜《た》まっていく。しばらくすると鶏の動きが止まった。卵が産《う》めなくなった鶏の悲しい最期《さいご》の姿だったが……なぜか……涙《なみだ》は出てこない……。

「帰らぁ」

陽子は、弟の腕を引《ひ》っ張《ぱ》った。

「子どもらで羽根をむしっとけーや」

「うっそー」

明のすっとんきょうな声に、小父さんは、

「入学祝《いわ》いに半分やるしけ」

と言って、鶏をしめたその手で、ポンポンと明の頭を叩《たた》いた。

〽旅ゆけば〜

駿河《するが》の国に〜　茶の香り〜……

小父さんは、浪花節《なにわぶし》を唸《うな》りながら、鍬《くわ》を担《かつ》いで、畑仕事に出て行った。

「さあ、これが約束《やくそく》のええことだしけ、逃《に》げたら承知《しょうち》せーへんでぇー」

真治が、眉毛《まゆげ》と目を指で吊《つ》り上げて、どすの利《き》いた声で脅《おど》かす。陽子は観念《かんねん》してランドセルを下ろした。

陽子と明は、教えられた通りに、尾《お》の方からむじむじと羽根を一本ずつ抜いていく。

「これでインデアンごっこしょーぜー」

「酋長《しゅうちょう》だと羽根がいっぱいいるなぁー」

遊ぶ約束の出来た男二人は、嬉《うれ》しそうに大きな羽根を選んで抜いていく。羽根の抜き痕《あと》とよく似《に》たぶつぶつが、陽子の腕で増《ふ》えていく。鳥肌《とりはだ》を見ないように空を見ながら抜いても、ひざの震《ふる》えは止《と》まらない。

「脂《あぶら》が乗《の》っとるしけ美味《うま》いぞー」

真治が脂肪《しぼう》の付いた羽根の根元を陽子の目の前に持ってくる。

「やめてぇー」

陽子は、ポケットの草笛を真治に投げつけると、

「いち抜《ぬ》けたー」

と、ランドセルを掴《つか》んで走り出した。

母ちゃんが畑から帰ってくると、時間を計《はか》ったようにご飯《はん》が炊《た》きあがった。今日の食事担当《たんとう》は、仕事が休みの姉ちゃんがしていた。

「これなら、いつ嫁《よめ》さんに行っても大丈夫だ」

と、姉ちゃんの手際《てぎわ》の良さに婆《ばあ》ちゃんが太鼓判《たいこばん》を押した。お代わりをしていた母ちゃんが、

「いつもと違って、今日のは、こってりして美味しいしけ、疲れがとれるわいや」

と言った後、「しまった」という顔をした。

出稼《でかせ》ぎに行って一年の半分居《い》ないお父っちゃんに代って、海や山や田畑の仕事が忙《いそが》しい母ちゃんは、七十歳を超《こ》えた婆ちゃんに台所を任《まか》せているのだ。だが、婆ちゃんは、口をもぐもぐさせながら相槌《あいづち》を打った。

晩《ばん》ご飯《はん》のクリームシチューには、明が貰《もら》ってきた、あの鶏の肉が入っていた。閉じた目の裏《うら》に真治の家の井戸端《いどばた》が浮《う》き上がる。陽子は、肉を皿の隅《すみ》に押しやった。

「よその鶏の命《いのち》をもらったんだしけ、全部いただきねぇ」

と、この日の母ちゃんは、残すことを許《ゆる》さない。

噛《か》んでも噛んでも喉《のど》を越《こ》さない肉。仕方なく少しずつ呑《の》み込《こ》んでいく。

やっとごちそうさまをした陽子は、牛を見に庭に出た。厩舎《まや》の中は、おぼろ月が子牛の足の片方だけを照《て》らして静《しず》まりかえっていた。

ナツメの木に繋《つな》がれた母牛の乳《ちち》がパンパンに腫《は》れて血管《けっかん》を浮き上がらせている。その下で婆《ばあ》ちゃんが指をくにゃくにゃと動かして乳搾《ちちしぼ》りの準備体操《じゅんびたいそう》をしていた。

「ただいまー」

陽子が心配顔で横に立つ。婆ちゃんの顎《あご》には、五年前、赤ちゃんの明が飲む乳を搾《しぼ》っていて牛にけられた傷《きず》が今でも残っている。

「もうじき楽《らく》にしたるわいや」

皺《しわ》くちゃの指が、慣《な》れた手つきで、回すように折《お》れ曲がっていく。

シュッーピチャ　シュッーピチャと鍋《なべ》の底で乳が撥《は》ねだすと、嫌《いや》がっていた母牛が動かなくなった。

「搾らせてやるしけ、手を洗ったら、脅《おど》かさんやぁに頭の方から来いや」

生まれて初めて触《さわ》る乳頭《にゅうとう》は、想像《そうぞう》していたよりざらざらしていて温《あたた》かい。母牛は気持ちよさそうに目を細めている。婆ちゃんは、

「ええ手つきだ。牛は、美味《おい》しい草を食べさせてくれる人をよう知っとる」

と、誉《ほ》めた。四月から牛の草刈《か》りは、学校に行く前の陽子の仕事になっていた。

ンメェー

桟木《さんぎ》の間から頭を出して子牛が母牛を呼んだ。昨日から乳を飲んでいない鳴き声は、赤ちゃんの時のように頼《たよ》りない。

「雨に濡《ぬ》れたせぇとは限《かぎ》らんしけ、子どもらは心配せんでええ」

「食べたもんのせぇかもしれんだ」

陽子は、大人たちにいくら慰《なぐさ》められても、やっぱり雨に濡れたせいで風邪《かぜ》をひいたのだと思っていた。

婆ちゃんが、搾《しぼ》りたての牛乳を、哺乳瓶《ほにゅうびん》に入れて持って来た。明が赤ちゃんの時に使っていた哺乳瓶は、ゴムの穴《あな》を大きくしてある。

「これで上手に飲めるだらぁで」

婆ちゃんが、首を引き寄せてくわえさせると、子牛は、婆ちゃんや陽子や母牛の顔を交《こう》互《ご》に目で追いながら、ゆっくりと口を動かした。時どき、細長い舌《した》で、哺乳瓶と一緒に婆ちゃんの手も巻き込む。そんな子牛を母牛がじっと見ていた。

ガタガタと雨戸《あまど》を外す音で目をさました陽子は、とび起きて外に出た。東の空はまだ明けきっていない。

雨戸の上に、婆ちゃんが藁《わら》を敷《し》いている。子牛が、姉ちゃんと母ちゃんに抱《だ》きかかえられて出て来た。子牛は、雨戸の上で下ろされた。荒縄《あらなわ》でくくられた足が棒《ぼう》のように突っ張って、閉じた目から、まつ毛が長く出ている。

「死んだん？　肉にされて食べるん？」

陽子は、婆《ばあ》ちゃんの着物《きもの》の襟《えり》を引っぱって聞いた。

「唾《つば》がかかったがな」

と婆ちゃんは、腰から抜いた手ぬぐいで陽子の涙《なみだ》を拭《ふ》いた。

「肉にはせん。村の牛はなぁ、死んだら……みんな、離れ島《はなじま》に、埋葬《まいそう》するだ。あそこは、村で一番美しい島だしけ」

母牛は、立てた耳をひくひくさせながら、ぽつりぽつりと話しかける婆ちゃんの話を聞いていた。濡《ぬ》れたまつ毛が、目じりの毛にへばりついていく。

「頼《たの》むね……」

仕事に行く姉ちゃんに代わって、陽子が母ちゃんと一緒に子牛の乗った雨戸を持ち上げた。軽《かる》い。陽子は、自分と同じぐらいの重さになった子牛に又涙がこみ上げてきた。

鶏が夜明けを告《つ》げると、泣いていた明の鼻から、青っぱなが垂《た》れた。急いで寝巻《ねまき》の袖《そで》で拭いた明の肩《かた》を姉ちゃんが軽く抱《だ》く。

「寿命《じゅみょう》は、神さんが決めなったことだしけ、泣かんと見送ってやるだ」

と言って、婆ちゃんは、清《きよ》めの塩をまいた手の平を母牛になめさせた。母牛は婆ちゃんの言葉が解《わか》ったのか、鼻面《はなづら》を高く持ち上げただけで、啼《な》かずに子牛を見送った。

離れ島までの四十分は、子牛にとって、最初で最後の舟旅《ふなたび》になった。風が止まると、沖《おき》の岩で立っていた白波《しらなみ》が消えた。子牛を乗せて、舟は滑《すべ》るように進んでいく。筵《むしろ》からはみ出した子牛の足を見て、

「大変でしたなー」

と、手を合わせて舟がすれ違《ちが》う。

右手に小さな入り江に続く段々の田んぼが見えてくると、海の色がエメラルドグリーンに変わった。ここの棚田《たなだ》は、山越《やまご》えで連れて来た母牛を使って田の土を起こす。

「明日は、あそこで、お前のお母さんにきばって働いてもらうだぁーで」

と、母ちゃんは、子牛に被《かぶ》せてあった筵《むしろ》をめくった。朝日に照らされて波が踊《おど》ると、子牛の顔が笑ったように陽子には見えた。

母ちゃんは、明日からのきつい仕事に覚悟《かくご》を見せるかのように首のタオルを頭に結《むす》んだ。出稼《でかせ》ぎのお父っちゃんが帰って来るのは、まだひと月ほど後のことだ。

亀島と赤灯台の間を抜けると海の色が群青色《ぐんじょういろ》に変わり、波の山が尖《とが》ってきた。母ちゃん

の櫓《ろ》を漕《こ》ぐ腕にも力が入る。離《はな》れ島《じま》が大きく見えてきた。

漁から帰ってきた底《そこ》引《び》き漁船の波が、こぶになって近付いている。この波が舟の横っ腹に当たると、小舟は転覆《てんぷく》することだってある。

「動かんやぁにしっかりと持っとけぇーや」

陽子は、紐《ひも》で結わえていない子牛に被《かぶ》さる。母ちゃんは、櫓《ろ》に掛けてあるロープを思い切り押して舳先《へさき》を波に向けた。

チャッポンチャッポン

舟底に当たる波の音が、まるで子牛の鼓動《こどう》の様に陽子の胸《むね》で残された時を刻《きざ》む。島に近づくと、透明《とうめい》な水の底で、丸い石から伸びた緑の海草が、手招《てまね》きするように揺《ゆ》れている。

舟底が砂に乗り上げと、陽子と一緒に乗ってきていた舟虫もぞろぞろと降りた。

母ちゃんは、岩に錨《いかり》を引っ掛け、被せてあった莚《むしろ》を子牛の頭の方から折り返した。石を放れば届きそうな距離《きょり》の陸《りく》と島との間を潮《しお》がゆったりと流れて行く。その水面では、鏡映《かがみうつ》しになったさまざまの奇岩《きがん》が風で揺れている。浸食《しんしょく》された二本の断層《だんそう》は、恐竜《きょうりゅう》の親子がかじった跡《あと》のように深《ふか》くえぐられて両端《りょうはし》を海中深く沈《しず》めている。

「ええ島だらぁが」

母ちゃんが子牛と陽子に話しかける。

陽子は、断層から煌《きらめ》く波の先に目を移した。でも、この島からは、村の外れさえ見えない。

歯を食いしばって子牛を運ぶ草履《ぞうり》の下で、ガシャガシャと貝の欠片《かけら》が小石とぶつかる。

そんな岩だらけの島。でも、松の木の傍《そば》は、浜昼顔《はまひるがお》の茂《しげ》る土になっていた。

母ちゃんは、からまっている浜昼顔の蔓《つる》をひっぱって土肌《つちはだ》を探し出すと、持って来たスコップで穴を掘《ほ》り始めた。砂交《すなま》じりの土は、雪と同じぐらいに先が楽に入っていく。

小さすぎると思えた穴に、子牛は、ぴたりと納《おさ》まった。

土が子牛を少しずつ消していく。黒い背中が見え無くなった後も、陽子はその上に土を足《た》し続けた。

「それ位《ぐらい》でええわいや」

母ちゃんが漬物石《つけものいし》の様な石を抱《かか》えて浜から上がってきた。

石は、こんもりと盛り上がった土の真ん中に下ろされた。その小豆色《あずきいろ》の石は、嵐《あらし》になったら子牛と一緒に海まで転《ころ》がっていきそうな頼《たよ》りない大きさだったが、母ちゃんは黙《だま》って浜昼顔の蔓を元の場所に戻していった。

ぴー――　ひょろろ
肉食の鳶《とんび》が、子牛の上の空を小さく周回《しゅうかい》している。

陽子は、拾《ひろ》ったばかりのタカラガイを唇《くちびる》で挟《はさ》むと、鳶《とんび》を睨《にら》みつけて、音を弓矢《ゆみや》のように飛ばした。

ピーー　ピーー　ピーー

顔を真っ赤にして小さな貝笛を吹き続ける陽子の傍《そば》で、蕾《つぼみ》の捩《よ》じれを解《と》いた薄桃色《うすももいろ》の浜《はま》昼顔《ひるがお》が、石を抱《だ》くようにして広がった。

# 万華鏡《まんげきょう》の入《い》り江《え》

夏休み最初の土曜日、陽子は、娘の家族とタケヅラ浜にキャンプに来ていた。その昔、ここは、おいしい米のとれる田んぼへの入り口だった。今は、ハマヒルガオのつるが波打ちぎわまで伸び、流木《りゅうぼく》といっしょに外国製のペットボトルが打ち上がっていた。

人の手が入らなくなったタケヅラの棚田《たなだ》は、背たけを越す木々や竹やぶでおおわれ、冷たいままの湧水《わきみず》を海に届けていた。テントとボートの上で、大きくなった山桜の木漏れ日が光り遊びをくり返す。キラキラと輝《かがや》くU字形の入り江《いえ》が、陽子の子どもの頃の一日をよみがえらせた。

◇◇◇◇◇

夕べの雨の残りが、破れ斗《と》斎《ゆ》からピチャン　ピチャンと一階の屋根瓦《やねがわら》に落ちて行く。魚市場のサイレンと一緒に、足音が階段を上がってくる。寝返りを打った小学四年生の陽子の腰から、婆《ばあ》ちゃんが貼《は》ってくれた痛み止めのこう薬《やく》がはがれた。

「味噌汁《みそしる》が冷めちゃうよ」

蚊帳《かや》をたたみながら起こしているのは、田植えの応援《おうえん》に会社を休んだ姉ちゃんだ。蚊帳の中に放していた一匹のホタルがふらふらと窓から出ていく。

「あとちょっと」

陽子は、お腹に乗った弟の足を払いのけて、夢の続きを追いかける。姉ちゃんは、ようしゃしないで敷布団《しきぶとん》をはいでいく。

「置いて行くで！」

と言って台所に戻って行く。海沿《うみぞ》いにあるタケヅラの田んぼへは、ほとんどが舟を使って行き来するので、舟に置いて行かれたら、田を鋤《す》く牛と一緒に山越えだ。

陽子と明は、あくびを移《うつ》し合いながら山着に着替える。連日の田植えの疲れがまだ残っていた。

「ご飯《はん》が済んだら、荷物を舟まで運べぇーや」

戸口に横付けされたリヤカーには、田植えの道具一式が積み込まれていた。

「海で遊んでもええか？」

一年生の明が、半分期待した顔で母ちゃんに聞く。手にはすでに釣《つ》り竿《ざお》を持っている。

「この休みに遊んどるんは、漁師の子だけだらーがな」

と、茶わんを持ったまま父ちゃんがどなる。

このころ、農家の多い地域では、田植えを手伝うために一週間の農繁休《のうはんやす》みがあった。猫の手も借りたいと言われる田植えは、小学生でも猫よりうんと役にたった。

「今日は人手が足らんしけ、姉ちゃんと婆ちゃんに無理言っとるだ」

と、母ちゃんは顔をしかめた。田植えをたのんでいた小母さんが二人とも都合悪くなったのだ。婆ちゃんは、

「がんばったら、早苗饗《さなぼり》にアナゴの巻き寿司《ずし》を作ったるしけ」

と、明と陽子の大好物を約束する。早苗饗《さなぼり》は田植えが無事に済んだお祝いの行事で、お宮さんに芝居《しばい》の幟《のぼり》が立つ。アナゴの巻き寿司《ずし》は、その芝居を見物する時のごちそうだ。

タケヅラまで牛を連れて行く母ちゃんは、

「じゃあ、あとは頼《たの》んだで」

と、弁当の入った風呂敷包みを姉ちゃんに渡した。

「雨上がりだしけ、滑《すべ》らんやぁに気をつけて」

婆ちゃんが牛と母ちゃんの両方を気使う。タケヅラの谷へは、県道を通って行き、トンネルの手前で細い下り坂に入って谷と山を一つずつ越える。母ちゃんが手綱《たずな》を引っぱると、牛は前足をふん張って、首をねじった。

「なんで、今日は山越えのタケヅラって分かるんだぁ？」

明が腕組《うでぐ》みをして牛にたずねる。坂道の無い昨日までの田は、喜んで先に歩きだしていたのだ。

「これは賢《かしこ》い牛だしけ、人間の言葉が分かるだ。盗《ぬす》み聞《ぎ》きしとったんだらぁで」

と、笑いながら婆ちゃんが牛の目と目の間を掻《か》く。牛の目が、いつもの優しさに戻った。

ズルズルズル　バッシャン　田植えの道具を積んだ舟が、勢いよく横に渡した割竹《わりだけ》の上をすべって海につっこんだ。

「こりゃぁ塗《ぬ》り過ぎだがな」

婆ちゃんのぼやきに油を塗った明が口をとがらせる。廃油《はいゆ》を塗った六本の割竹は、舟底が滑《すべ》った後も、てかてかと黒光りしていた。

「忘れ物は無いだらぁーなぁ」

父ちゃんは、もう一度念を押し、最後に舟に乗り込んだ。

五人を乗せた舟は、いつもより舟底を沈《しず》めながら、凪《な》いだ港をゆっくりと沖に向かう。

ギーコ　ギーコ

櫓《ろ》の動きに合わせて、皆の肩が揺《ゆ》れる。

♪わ〜れは　海の子　白波の〜
さ〜わぐ　い〜そべの　松原に〜

明の歌に途中から陽子と姉ちゃんがハモる。

「だれに似たんだらぁーなー。陽子は音痴《おんち》だしけ、人前で歌ったらあかんでぇー」

と、婆ちゃんが真顔《まがお》で注意すると、明が手をたたいて喜んだ。今度は、父ちゃんが首で調子をとりながら気持ちよさそうにソーラン節を歌う。陽子は、笑うのをこらえている明の脇腹《わきばら》をグーで押した。陽子の音痴は、どうやら父ちゃんに似たらしい。

明が、横を追い越していく新しい船外機《せんがいき》の小父《おじ》さんに、手を振って頼んだ。

「引っぱってくんねぇー」

「あはーたれが」

婆ちゃんの平手が明の尻に飛ぶ。

「ええ天気になって良かったですなぁ」

エンジンの音と一緒に、帽子を押さえながら小父さんが通り過ぎる。小父さんの向かった入り江の棚田《たなだ》は、どこの家も田植えが終わっていた。

「いつからあの舟に乗っとるだ？」

と父ちゃんが新しい舟のことを婆ちゃんに聞いた。京都で酒を造る杜氏《とうじ》の仕事で忙しかった父ちゃんは、ひと月前に帰ったばかりで海は久しぶりだった。

「この春からだ。去年の子牛がええ値で売れたらしい」

と言って、婆ちゃんは、沖の離れ島に目をやった。その島には、ひと月前に死んだ陽子の家の子牛が眠っている。いっとき、櫓《ろ》のきしむ音が子牛の鳴き声と入れ替わる。陽子は、舟底に座《すわ》って腕を海につけると、大きくかき混ぜた。漂《ただよ》っていた泡とトンビの羽根が、出来たばかりの渦に吸いこまれて行く。

「やっぱり沖は少し風があるなぁ」

婆ちゃんは頭の手ぬぐいが飛ばないように結びなおす。すぐ横で、小さな島の瀬が波に洗われていた。婆ちゃんは、

「右に舵《かじ》をとれー」

と父ちゃんを怒鳴りつけると、竹竿《たけざお》を握《にぎ》って立ち上がった。海の色が、舟底に岩場があることを知らせていた。このままでは次の波で舟が岩に乗り上がって転ぷくしてしまう。

足を踏《ふ》ん張った父ちゃんが、櫓《ろ》の突起《とっき》にひっかけた太いロープを思いっきり引いた。右腕の力こぶに太い筋が浮き上がる。島の瀬が水に隠れた。櫓《ろ》の先が水と垂直になり、一瞬《いっしゅん》で舟の向きが変わった。すかさず婆ちゃんが岩を突《つ》く。その竹竿が弓なりに反《そ》る。舟は、引き波と一緒に岩場から離れた。

「油断《ゆだん》は禁《きん》もつだわいや」

海人でもあった婆ちゃんの言葉に陽子と明は大きくうなずいた。

前方に田植えをするタケヅラの棚田《たなだ》が見えた。山越えなら一時間、舟でも三十分以上かかるタケヅラの田は、村で一番遠くて不便な所にあった。

「昔は、竹やぶとシイの大木が多かったで、根っこをとるのがそりゃあ大変だった。機械が無かったしけ、大きい根っこはみんな牛に引っ張ってもらって抜《ぬ》いただぁ」

陽子と明は、初めて聞く婆ちゃんの昔の話に身を乗り出した。

「その頃は、イノシシもおったん？」

「ぎょうさんおったでぇ。春はタケノコを食べにウリボウと一緒に山から下りて来ただ。ウリボウは、スイカみてぇに縦に縞《しま》が入っとるイノシシの子どもでなぁ」

「怖《こわ》くなかったん？」

明が首をすくませて聞く。

「イノシシは夜動くしけ、昼間は出て来なんだけど、ウリボウは、仕掛けて置いた罠《わな》によぅかかっとった」

「それ食べたん？」

「忘れちまったわいや」

婆ちゃんは涼しい顔でとぼけた。

「今でも居るかなぁ？」

「おらんおらん。足跡《あしあと》も見たことが無いわ」

婆ちゃんの話は、父ちゃんも覚えていないほど昔の話だった。


父ちゃんは、そそり立った崖《がけ》の近くを海の色に注意しながら進む。陽子は、四十センチ角《かく》の板で囲《かこ》まれた箱メガネを海に浸《つ》けた。大きな水中メガネで見る海の底は、万華鏡《まんげきょう》の様に光と一緒に生き物たちを入れ替える。柔《やわ》らかい角《つの》を持ち、ぼてっとした海牛《うみうし》が、ワカメにへばりついて体のひらひらを動かして食事の真っ最中だ。突いて紫色の煙幕《えんまく》を出させたら嵐になると言われている海牛が、陽子は苦手だった。

透《す》き通《とお》った水の中で、岩に生《は》えた紅色の天草《てんぐさ》が光を集めて揺《ゆ》らいでいる。櫓《ろ》を置いた父ちゃんが、切り込みの入った鎌《かま》で岩を突いた。鎌の先に引っかかって来た天草は、小指ほどの長さだった。

「まんだ短いしけ、ここは、ひと月後だ」

父ちゃんが天草突きの時期を決めた。天草は、和菓子《わがし》に使う寒天《かんてん》の原料で、陽子の家の大切な収入源《しゅうにゅうげん》の一つだ。

父ちゃんに代わって、久しぶりだと言う婆ちゃんが櫓《ろ》を握った。

「昔とった杵柄《きねづか》だしけ、まだまだいけるだらぁがぁ」

と婆ちゃんは、嬉《うれ》しそうに座ったまま左手一本で舟を進める。手ぬぐいからはみ出た婆ちゃんの髪《かみ》が、朝の光を浴《あ》びて銀色に染《そ》まった。舟は、きらめく水面を滑《すべ》るようにでこぼこ岩と並行して進んで行く。先のとがったフジツボが、ぎっしりと水の上まで陣地《じんち》を広げている。ワラぞうりをはいていても上を歩くのは痛くて無理だ。

「ひげ、ひげが出てるー」

箱メガネで海の中を見ていた明が、陽子を呼んだ。大きなフジツボたちが、上の穴から、丸まった黒っぽいものを何本も出してわしゃわしゃと動かしている。

「あれは脚《あし》。あの細い毛でプランクトンをこしとって食べてるんだって」

これは、陽子が最近知った図鑑《ずかん》の知識だ。

「プランクトンて何だぁ？」

目を白黒させて明が聞く。

「海の中でふらふら遊んどる虫みたいな小さい生きもん」

「ふーん」

「フジツボは、エビやカニの仲間だって先生が言っとんなった」

「それで、味噌汁にしたら出汁《だし》がおいしいんやな」

と、姉ちゃんが感心した。

「おどかしたらぁ」

明が身をのりだしてフジツボを棒で突いていると、舟が傾《かたむ》いた。

「座っとれーっ」

父ちゃんの大声に、浮かんでいたカモメが飛び立った。

姉ちゃんが海の底を竹竿《たけざお》で突いて、舟を砂のある方に誘導《ゆうどう》する。小石の多いタケヅラの浜にも、溝のような川が海に入り込む近くは、砂の浜になっていた。

「せぇーえーのぉー」

足跡が砂にのめり込む。やっと舟が浜に乗り上がった。荷物を舟から下ろし終わると、皆の顔が百姓《ひゃくしょう》の顔に変わった。

明が錨《いかり》を持ってかけだした。大きな岩にロープを三回巻きつけて、それに錨をひっかけて固定する。これで波に浚《さら》われる心配は無い。

「80点だ」

と陽子は弟に合格点をつけ、たるんだロープを舳先《へさき》でまとめてもやい結びをした。解《ほど》けないロープ結びの基本だ。

「私よりかじょうずや」

大好きな姉ちゃんにほめられた。陽子は、口笛を鳴らしながら足ともんぺを長靴に突っ込んだ。

「あはーたれが。男勝《おとこまさ》りで困ったもんだ」

婆ちゃんのあはーたれは、その時々で意味が大きく変わる。今のは、たぶんほめ言葉だ。

姉ちゃんのお下がりの田植え用の靴は、太ももまであって少し大きい上に入口が伸びている。

「ワラを詰めとかぁか」

婆ちゃんはワラを靴底に入れて調整すると、今度は縄《なわ》をなって足が抜けないように膝《ひざ》の上をしばってくれた。婆ちゃんのなった縄は、二重跳《にじゅうと》びだってできるすぐれものだ。

「これで大丈夫だらぁで」

何とも言えないなさけない格好《かっこう》だ。突っ立っていたら、案山子《かかし》と間違えてカラスが止まりに来そうだ。遅れていた陽子は、急いで姉ちゃんが苗《なえ》をとっている畝《うね》に向かったが、一歩一歩に時間がかかる。ここの苗を育てていた苗代《なわしろ》は、タケヅラで一番深い湿田《じゅるた》なのだ。

「苗を三掴《みつか》みずつとって左手で一つに束《たば》ねる」

苗とりの仕事が初めての陽子に、姉ちゃんがていねいに教える。陽子の束は、姉ちゃんのよりも一回り小《こ》ぶりだ。

「手が小さいしけそれでええ」

陽子は、教えられたとおり、腰から抜いたワラでしばるが、束はすぐにくずれる。すかさず姉ちゃんがやり直す。

モーォ
牛の到着《とうちゃく》に皆がいっせいに腰を伸ばして汗をぬぐった。母ちゃんは、親牛を山桜の木につなぐと、田舟《たぶね》を引っぱって土手を上がって来た。

「陽子は力持ちだしけ、これで苗を土手まで運んでくれ」

と、引いてきた湿田《じゅるた》専用《せんよう》の田舟を陽子に渡した。先のとがった板にロープを付けただけの舟だが、湿田《じゅるた》の苗代《なわしろ》では、なくてはならない助け舟だ。

「尻もちつかんやぁーに小股《こまた》で引っぱるだで」

「ぎょうさん積んだら動きにくいだらぁがな」

小股も大股も軽いも重いも関係なく湿田《じゅるた》の一歩はやっかいだ。泥土《どろつち》の中に膝まで入って行く。肩に食い込まないように首のタオルをロープに挟《はさ》んで斜《なな》め掛けで引っぱる。

「がんばれー」

明が土手で応援する。

「たすけてー」

足が抜けない。土手までの最後の一歩が広すぎた。

「あはーたれが。靴を脱《ぬ》げや」

婆ちゃんの笑い声に明が手をたたく。陽子は、両手でバランスをとりながら抜いた足をゆっくりと泥の中へ。田の底の泥が、指の間からにゅると塊《かたまり》で上がってくる。何度か場所を変えて踏《ふ》んでみる。気持ち良いのか悪いのか……陽子本人もはっきりとしないがなんだかおもしろい。泥だらけの手をもんぺで拭《ぬぐ》って靴の口を引っぱる。

「うーんとこしょ」

なかなかしぶとい。

「どーっこいしょ」

長靴の口のゴムが伸びきった。

スッポーン　ベチャッ

「あはたれがっ。まんだ始まったばかりだがな」

と、婆ちゃんがあきれた。陽子のついた尻餅《しりもち》のあとは、すぐに泥水に隠された。

「裸足《はだし》で入ってこい」

父ちゃんが、明と陽子に手まねきをして呼んだ。

裸足は、歩きやすいがしばらくすると冷《ひ》えてきた。気合を入れて太ももを高く上げてロープを引っ張る。田舟を押していた明が、

「もっと乗せよう」

と、苗の束を山盛りにする。泥水をバシャンバシャンとはね上げる。

湿田《じゅるた》は楽しい。二人とも背中まで泥が飛んでいる。体が温まって鼻水が止まった。

「スピード上げまーす」

今度は乗せた束を減《へ》らしてスピードをあげる。

「ソリより面白い」

「うん、汚《きたな》いけど寒くない」

「ようけ頑張っとるなぁ」

大人たちに誉《ほ》められてますますはりきる。

「あっ」

後ろから押していた明が、ドポッと、顔から田んぼに突っ込んだ。顔をぶるんとふいた後、鼻に入った泥を人差し指でかき落とす。それを見ていた牛が、啼《な》いて出番を催促《さいそく》した。

苗代《なわしろ》の苗とりはほとんど終わっていた。

父ちゃんは、牛に鞍《くら》を乗せて田に入ると、鞍に代《しろ》かきの道具をとりつけた。

「この一枚だけだしけ、昼までに終わるだ」

父ちゃんは、牛に説明して木の枠《わく》を両手でにぎって上から押さえつけた。横に二メートル以上ある竹の棒が泥の中にめり込んだ。この棒を牛に引かせて、足跡だらけの畝《うね》を水平ならすのだ。

牛は、ピッチャコ　ピッチャコと気持ちよさそうに父ちゃんと一緒に竹の棒を引いていく。

「陽子もやってみい」

父ちゃんに言われて舵棒《かじぼう》を代わる。四月から牛の世話係になっている陽子だが、牛と一緒に仕事をするのは初めてだ。「よろしく」陽子は、牛の大きなお尻にぺこりと頭を下げた。

「歩く順序は牛が知っとるしけ、曲がるときだけ気をつけてやれ」

と、父ちゃんは牛を陽子に任《まか》せて、母ちゃんと姉ちゃんを連れて他の田に移った。

「しっかりと押さえんな、足の穴がふさがらんがな」

すぐ上の田で苗を植えている婆ちゃんが、腰を伸ばすたびに声をかけて来る。

牛が尾を上げて後ろ足を少し開いた。これで三度目だ。陽子は、長くて滝のような牛のおしっこに背を向けて空を見上げる。梅雨《つゆ》どきにしてはめずらしく青空が広がっていた。まつ毛に残った汗に眩《まぶ》しい虹がかかった。陽子はそれを瞬《まばた》きで飛ばした。

ウンメェ〜　発車の合図をして、牛はまた力強く歩き出した。

「もっと離れて、歪《ゆが》まんやぁにしっかりと押さえとけ」

父ちゃんは、明と陽子の持っている三角の木枠《きわく》に四メートルの棒をくくりつけた。苗を植える定規《じょうぎ》の完成だ。骨組みだけの三角柱《さんかくちゅう》には、苗を植える三十センチごとに赤いペンキで印《しるし》が付けてある。明が片方の三角窓をのぞきながら土手で定規を転《ころ》がした。

「あはぁたれー。枠がねじれるだらぁがな」

「こっちに渡しねぇ」

母ちゃんが木枠の定規を田に入れると、本格的に田植えが始まった。

「せーえーのー」

ピッチャーになった気分の明が、苗を遠くまで放る。

「土手を移動して、近い所に投げねぇ」

母ちゃんの心配した通り、いくつもの束が解《ほど》けて散らばった。

「同じところに重ならんやぁに」

「後ろに苗がないでぇ」

苗打ちは忙しい。時々大きな声でしかられる。

「苗をくれーやー」

婆ちゃんにも呼ばれて、明が土手に固めて置いてある苗の束を片手に三つずつ持って運ぶ。婆ちゃんの担当《たんとう》は、長い定規を使えない狭《せま》い隅《すみ》っこだ。ここなら、疲れたらすぐに土手に座って休むことができるし、皆と速さを合わさなくても婆ちゃんのペースで出来る。

「あはーたれが。先っぽがちぎれとるがな」

小さな手の明は、葉の先を握って苗を運んだのだ。

「こんなに痛んどったらええ米に育たんだらぁがな」

「頭を使って、持てる数を決めるだ」

珍しく機関銃《きかんじゅう》のような婆ちゃんの小言《こごと》に明が逃《に》げ出した。

「あかんあかん。腹を立てて植えとったら、田んぼの神さんに逃げられるわ」

婆ちゃんの口がとまり、皺《しわ》の手が早苗を泥に挿《さ》していく。

「浮いてるがな」

陽子が赤い印に植えたはずの苗は、あちこちの足跡の上で横倒しになっていた。泥の塊《かたまり》を横から押して穴をふさいで植え直す。

「ヨオーッ」

両端《りょうはし》の掛け声であわてて二歩下がる。湿田《じゅるた》では、ボヤボヤしていると足が抜けなくなって、向《む》こう脛《ずね》に三角柱の定規が当たって痛い。コテコテと手前に回転させると、二列分の赤い印が泥水の上で植える場所を知らせる。

「痛っ」

大きなヒルが陽子の足に食《く》いついた。ヒルは田んぼの吸血鬼。子どもの血が好きらしい。

ぬめってとりにくいうえに血を吸われたあとがとてもかゆい。

「手が止まっとるで」

母ちゃんに言われて、陽子は爪《つめ》で挟《はさ》みとったヒルを薮《やぶ》に投げすて、急いでかきむしった。


「おいしいなぁ」

「もう一杯くれぇーや」

婆ちゃんは、やかんの蓋《ふた》で冷たい湧水《わきみず》のお代《か》わりをした。

陽子と明は、おにぎりを持って浜に下《お》りた。葉桜の下で牛が気持ちよさそうに目をつむって寝ている。陽子が、明の足に乾《かわ》いてへばりついていた泥をめくる。

「やめてーや」

しかえしに明が陽子の顔に付いた泥を力任《ちからまか》せにめくった。

「いたーい!」

陽子の鼻のてっぺんが少し赤くなった。牛が片目をしょぼつかせて尻尾《しっぽ》を少し移動した。

「飯《めし》を食ったらすぐに始めるしけ、遊んどったらあかんどー」

父ちゃんのでっかい声が、小さな谷にこだまする。

陽子と明は砂浜に少し離れて座った。

「はずれー」

陽子のおにぎりは、ワカメの佃煮《つくだに》だった。当たりは、姉ちゃんが一個だけ入れた明太子《めんたいこ》入りのおにぎりだ。明太子は、陽子の家ではめったに口にできない高級品のいただきものだ。

「ぼくのは梅干し」

明が背中を向けてあわてておにぎりをほお張《ば》った。あやしい。

「当たりは…だれだらあ?」

明に陽子が水を掛ける。明は、口を閉《と》じたまま逃げ回る。

「白状《はくじょう》しろー」

波打ちぎわで二人の足跡が増《ふ》えたり減《へ》ったりを繰り返す。つかまった明の口の中は空っぽだった。


午後の田植えは、ササユリが匂《にお》う一番奥の田んぼから始まった。

湧水が流れ込む田の水面に真っ白な綿雲《わたぐも》が浮かんでいた。陽子はつま先からそろりそろりと雲に乗る。雲の上は、昼を過ぎているのにまだ冷たかった。

「この田は無理だわぇーな」

田に手を浸《つ》けていた婆ちゃんが一つ下の田に移った。陽子はしびれている足を首のタオルで拭《ふ》いて、また長靴をはいた。午後の田植えは、誰《だれ》もが無口で、進むのが速かった。気がつけば谷が山の陰《かげ》におおわれていた。

「貝をとってこいや」

婆ちゃんの一言で子どもたちの田植えが終わった。陽子と明は、溝《みぞ》で靴を洗って、海で足の泥を落としてワラぞうりをはいた。母ちゃんは、舟に牛の鞍《くら》を積んで帰り仕度《したく》を始めた。陽子は、舟にとり付けてある磯見《いそみ》の道具入れから、父ちゃんが鍛冶屋《かじや》の小父さんに作ってもらった特大のアワビとりの道具を出した。

「海に落とさんやぁに」

と、母ちゃんはもう一度念を押して、急いで牛と一緒に山道を登って帰って行った。

空と海がゆっくりと茜色《あかねいろ》に染《そ》まっていく。明は水面よりも上にこびりついている三角のヨメノカサの隙間《すきま》を探《さが》して、小さな金具《かなぐ》を差し込んでいく。一度とりそこねるとたたき割られても岩から離れないしぶとい貝だが、炊《た》き込《こ》みご飯にするとおいしい。ここは弟に任せ、陽子は、朝、来る時に見たフジツボのついていた沖の岩場を目指した。

「いるいる」

足の親指ほどのフジツボが、畳《たたみ》一枚分ほどの岩肌《いわはだ》を隠している。水の中のフジツボは、陽子の気配《けはい》を感じてか、動かしていた蔓脚《つるあし》を急いでひっこめ、石のような蓋《ふた》を一斉《いっせい》に閉じた。

ガリ　ガリ　ガリ　父ちゃんの新しい道具は、そんなフジツボたちを簡単《かんたん》に岩からはがし、竹ざるをいっぱいにしていく。

「帰るでぇー」

姉ちゃんの呼ぶ声に、明が貝とりを終えて浜へ戻って行く。

ザブザブ　ザブーン　ザブ　ザブーン
イカ釣りの船団《せんだん》が入り江の沖を横切ると、船からの波がつぎつぎと岩を駆《か》けのぼる。落ちてきた波が、膝まで水に入っている陽子の足をふらつかせた。

「貝？」

足の裏の感触《かんしょく》は石では無い。アコヤガイの丸みだ。かがんでとろうとした陽子の頭を波が隠す。指先が貝を引きちぎった瞬間《しゅんかん》、足が波に掬《すく》われた。フジツボだらけの岩は、痛くて手ではつかめない。陽子は、鉄のアワビとりで岩を突いて体を守った。波の下に引きずり込まれるたびに足と顔の傷が増え、浜で呼ぶ声が途切《とぎ》れた。海の底から見る水の天井は、ずっと遠くで渦を巻きながらきらめいている。体中の力がすごい速さで抜けていく。もう手には何も持ってはいなかった。

「つかめ！」

水面から何かが伸びて来た。陽子は最後の力を振《ふ》り絞《しぼ》ってそれをにぎった。

「痛っ」

陽子の腕を掴《つか》んでいるのは、父ちゃんだった。胸まで水につかった父ちゃんが、傷だらけの陽子の手から竹竿《たけざお》をとりあげて怒鳴った。

「このあはーたれがっ」

父ちゃんは、アワビ起こしのことは何も言わない。竹竿を担《かつ》いだ父ちゃんのふくらはぎに新しい傷がいくつも出来ていた。陽子は、岩場に置いていたフジツボの入った竹ざるを抱《かか》え、泣かないで父ちゃんの後を歩いた。

「ぶじでよかったよかった」

駆けよって来た婆ちゃんは、岩でがりがりに傷ついた陽子の体を抱きしめた。姉ちゃんと明も心配そうに血のにじんでいる陽子の顔をのぞきこむ。

「これは何だぁ？」

婆ちゃんが陽子の胸元《むなもと》から貝をとりだした。

「でっかー」

それは、時々道路下の岩場で見つけるアコヤガイよりもうんと大きい。おまけにフジツボをつけて天草まで生《は》やしていた。

「真珠《しんじゅ》が入ってるかなぁ？」

と、明がこじ開けようと頑張るが貝に隙間《すきま》は出来ない。陽子のとってくるアコヤガイには、たまに小さな真珠が入っていた。

「ビー玉ぐらいの真珠が入っとるかも」

姉ちゃんが期待をふくらます。

大きな貝は、陽子の手のひらに戻された。

「百万円するかなぁ」

百万円は明が知っている一番大きな金額だ。

「あはーたれなこと言っとったら、暗なるわいや」

婆ちゃんの見ている西の空には、一番星が出ていた。

父ちゃんは、何事も無かったように、暮《く》れかけた海に櫓《ろ》を漕《こ》ぎだした。

その夜、小さな真珠は、フジツボと一緒に味噌汁になった。

◇◇◇◇◇

波の音を聞きながら、キャンプの夜がふけていく。波打ちぎわで時々海ボタルが光る。

月が沈むと、V字に開いた北東の空に天の川がくっきりと見えて来た。

「やったー」

「ほんものだー」

小学生の孫たちは、初めてみる天の川に大喜びで手を振る。ガリレオによって星の集まりだと発見された天の川は、二千億個の星が集まっているという。

「あそこの青白いのが織姫《おりひめ》のベガだから……」

と、星座盤《せいざばん》に懐中電灯《かいちゅうでんとう》を近づける。彦星《ひこぼし》は右下だ。

「じゃあ、左の白いのがデネブで、夏の大三角形の出来上がり」

と、指で夜空に線を引く。

「今度は、白鳥座」

と、子どもたちは、陽子の知らない星たちをどんどん指でつなげていく。

シュルルルルー　パンッ　パン　パン
波打ちぎわでロケット花火が始まった。狭《せま》い入り江は、花火の音がこだまする。

シュー　パシュッ
波の間に音が消えて水中で光が横に走った。そのとき、陽子は、後ろの藪《やぶ》で草のすれる音を聞いた。それは、故郷《こきょう》で命をつないでいる獣《けもの》たちの立ち去る音だったのかもしれない。

小さな入り江を昔と変わらぬ輝きで照らす星空。数え切れない星がまた増えていた。

# お母ちゃんの虹

根雪《ねゆき》が消えると、陽子は、小さくなったお母ちゃんの箱を抱《かか》えて、無人になった故郷《ふるさと》の駅に降り立った。

汽車が出ていったホームから見下ろす村の景色は、細長い浜辺の土地に軒先を重《かさ》ね合わせ、民宿が増えた以外は昔とあまり変わらない。

屋根瓦《やねがわら》は、濡《ぬ》れて光り、海は、赤灯台《あかとうだい》に白波をぶつけてお母ちゃんと陽子を迎えてくれた。

駅から村までの短い下り坂に植えられている桜の蕾《つぼみ》を一つ触《さわ》る。まだちょっと硬《かた》い。

出会った小母《おば》さんや小父《おじ》さんたちは、陽子の抱《だ》いている箱に気が付いて手を合わせる。

「よう帰って来なったな」

「さっきまで出とっただけど」

と海の上を指さしてお母ちゃんが好きだった虹が消えたことを残念がる。

「まーちゃんに、なんちゅうそっくりだ」

と、還暦《かんれき》を過ぎた陽子の顔に、ちょっと昔のお母ちゃんを重ねて思い出の花を咲かせる。

見上げた鳥居をくぐって、くすぐったい東風が、時の向こうのお母ちゃんの笑い声を連れて来た。

## 盆踊《ぼんおど》り

「水を濁《にご》らしたらあかんで」

小川の上で、お母ちゃんがヤカンを陽子に渡した。

終戦から八年。海沿《うみぞ》いに並ぶ細長い半農半漁《はんのうはんぎょ》の村が、お盆最後の盆踊りの夜を待っていた。

「あっ」

岩の隙間《すきま》から顔を出したウナギと陽子の目が合った。ウナギをすくい取ろうとしていたヤカンをお母ちゃんが取り上げた。

「まんだ、お盆が残っとるしけ殺生《せっしょう》はせんだ」

お母ちゃんは、墓《はか》に持って行くヤカンに川の水をくむと、ウナギのいた場所の目印に石を三つ積んで歩き出した。

墓に着くとすぐ、お母ちゃんは汗をぬぐいながら、

「今日も暑かったなぁ」

と、石に水を掛《か》けて手を合わせた。その石の下には、陽子が生まれる前に死んだ姉ちゃんが眠《ねむ》っている。

「子どもが親より先に死ぬのは一番の親不孝《おやふこう》だしけ、墓石の代わりに河原の石を置いとくだ」

と、丸い石の由来を教えてくれた祖母《ばあ》ちゃんは、骨になって戦地から帰って来た叔父《おじ》さんの墓は、飛切り大きくして建てていた。

海と駅と村全体が見下ろせる墓地《ぼち》には、戦死した人たちの大きな墓石がいくつも建てられている。そのどれもが、陽子が生まれる前に亡《な》くなった人の墓だった。

「いつの日か分からんけど、お母ちゃんも死んだら、仲間に入れてもらう墓だしけ」

と、言って、お母ちゃんは神妙《しんみょう》な顔で手を合わせた。

今までに一度も死んだ人を見たことがなかった陽子は、お祖母ちゃんも元気なのにお母ちゃんが死ぬなんてありえないと思った。

「そんなこと無いわっ」

と言って、何度もお母ちゃんの背中を叩《たた》いた。

お母ちゃんは、痛い痛いと言いながら、先祖代々の花活《はない》けの水を入れ替え、二つの灯篭《とうろう》に灯をつけた。陽子は、墓に手を合わせても、何を言えばいいのか分からなくなった。とりあえず「むにゃむにゃ」をしてお母ちゃんの後を追った。

「ここの人は、みんなで満州《まんしゅう》に渡んなっただけど……どうしとんなるかなぁ」

「床《とこ》の間《ま》の松の絵はこの人が描きなったただ」

「西の端で畳屋《たたみや》をしとんなったけど、今は井戸が残っとるだけだ」

などと言いながら、エプロンのポケットから一つずつ飴《あめ》を出して、花も無く、お盆にお参りする人のいなかった墓に供《そな》えていくお母ちゃん。その横でまた「むにゃむにゃ」をして手を合わす陽子。

そんな二人を、大きな木の枝で見ていたカラスが、すみれ色の闇《やみ》に溶けてやがて輪郭《りんかく》だけになっていった。

お宮さんの提灯《ちょうちん》に灯がついた。浮き出された櫓《やぐら》の向こうから飛び出す太鼓《たいこ》の音が、小さくなったり大きくなったり。子どもたちの桴《ばち》が霊《れい》に聞かせる腕《うで》を競《きそ》い合う。

灯篭《とうろう》を点《とも》しに上がってくる小母さんたちが増えた。

「おばんです」

陽子は、挨拶《あいさつ》を交《か》わしながら下りて行く。

「去年よりも上手になったなぁ」

「さすがは、まーちゃんの娘や。手つきがちゃう」

と、すれ違《ちが》う小母さんたちが昨日の陽子の盆踊りを褒《ほ》める。この村で生まれたお母ちゃんを「まーちゃん」と呼ぶ小母さんや小父さんは、陽子に優しかった。

目の前のトンネルから貨物列車が出て来ると、

「もうこんな時間だがな」

と言ってお母ちゃんの足が速くなる。汽車の時刻は、お母ちゃんの時計だ。

家に着くと、居間では、もうお父ちゃんの晩酌《ばんしゃく》が始まっていた。

「よその小父ちゃんらは、踊ってるで」

いくら陽子が誘《さそ》っても、お父ちゃんはラジオを聞きながら新聞を読んでいる。

「子どもらは、巻き寿司だけでえぇかぁ」

お母ちゃんが陽子の返事を待たずに大きな巻き寿司をまな板の上にでんと置いて二本ずつ切っていく。お母ちゃんが海で摘《つ》んで来た赤みがかった岩海苔《いわのり》で巻いてある。家で作ったシイタケ・カンピョウ・三つ葉・人参《にんじん》・ゴボウなどの野菜と、産みたての卵で作った甘い卵焼き。それに、お父ちゃんの釣って来たアナゴが入った太巻き寿司は、陽子の家の定番のごちそうだ。

普段の麦飯《むぎめし》とは違う、白ごはんで作る巻き寿司が子どもたちは大好きだ。

扇風機《せんぷうき》の風をお父ちゃんからうばって、お母ちゃんの化粧《けしょう》が始まった。お祖母ちゃんが、

「化粧せんでも美人だのになぁ。踊ったら、汗ですぐ流れるのに無駄《むだ》なことをしなる」

と、皮肉《ひにく》たっぷりに言っても、今日のお母ちゃんの耳には届かない。急《きゅう》に色白の美人になっ

たお母ちゃんが、濃すぎた頬紅《ほおべに》を払《はら》って、その指を陽子の頬にこすりつけた。そして、真っ赤な口紅を陽子の唇《くちびる》にも塗《ぬ》った。

「黒《くろ》ん坊《ぼう》の陽ちゃんに口紅は似合《にあ》わんなぁ」

自分も日に焼けて黒い姉ちゃんがからかっても、鏡の中の陽子はニコニコ顔で気にしない。

ドドドン　ドドドン　ドドドン　ドン

盆踊りの始まりを知らせる大太鼓《おおだいこ》の連打が始まると、陽子とお母ちゃんは、急いで浴衣《ゆかた》に着がえた。

「本を借りて来たから今日は行かない」

と、高校生の姉ちゃんは、分厚《ぶあつ》い本を持って二階に上がった。

お祖母ちゃんと弟が蚊帳《かや》の中に入ると、お母ちゃんと陽子は、踊りで使う菅笠《すげがさ》を持って家を飛び出した。お宮さんまでスキップでたったの三分。お母ちゃんの一人占《ひとりじ》めが、ちょっと嬉《うれ》しかった。

「おやつをいっぱい用意しとるしけ今日も頑張《がんば》って踊ってやー」

青年団《せいねんだん》の団長さんが、子どもたちを呼んでお願いをした。

踊りの輪が二重になると、太鼓の合図で盆踊りが始まった。

〽盆がーきーた　盆がーきーたー　えーえ　いーやーぁなぁー

櫓《やぐら》の上で、浴衣の袖《そで》を捲《まく》し上げて歌っているのは、お母ちゃんと仲良しの髭《ひげ》の小父さんだ。一番手としてマイクに向かって声を張り上げる。

昔から踊り継《つ》がれている村の盆踊りは、ゆっくりなのだが休む間《ま》がない。子どもたちは、すぐに、

「一抜《いちぬ》けたー」

と次々に輪から出て銀杏《いちょう》の木の横の石段で遊びだす。

レコードにかわり踊りやすい「炭坑節《たんこうぶし》」になると、男の子たちが輪に戻《もど》って来た。

「掘《ほ》って　掘って　また掘ってー　担《かつ》いで担いで」

子どもたちは、動作に言葉をつけて楽しそうに踊っていく。丸い月が雲から出ると、

〽月がー出たでーた　月がーぁ出たー

と歌詞《かし》に切り替えて声を張り上げる。ふざけている男の子たちと違って、陽子は踊っているのが一番楽しかった。

櫓《やぐら》の上では、歌い手とレコードがちょこちょこ交代する。曲が「おはら節」に替わった。

お母ちゃんは、七色に染めた紙の花がいっぱいついた菅笠《すげがさ》を陽子の頭の上にも乗せて紅紐《べにひも》を顎《あご》で結んだ。

「さあさ　いかぁで」

婦人会の小母さんたちがお母ちゃんの後に続いて踊りだす。

「国分《こくぶ》――のところは、しっかりと肘《ひじ》を上げて胸から開く」

陽子は、自分よりも大きな子にもおせっかいをする。

「指先を見て踊る」

全部お母ちゃんの受け売りだ。だんだん上手になった子どもたちの手拍子《てびょうし》が揃《そろ》って大きくなった。

チョチョンがチョン　チョチョンがチョン

盆踊りは、墓の灯が消えた後も続いた。

最後の曲は子どもたちの好きな炭坑節《たんこうぶし》。でも残っている子どもは始めの半分もいない。

その中で陽子は一番年下だ。

レコードが終ると、次々に陽子の短い髪《かみ》の毛をくしゃくしゃして帰っていく大人たち。

最後はお母ちゃん。胸まで上がっていた陽子の帯《おび》を笑いながら結び直す。

「さいならー」

両腕《りょううで》でおやつを抱《かか》えた子どもたちが歌いながら帰っていく。

チョチョンがチョン

チョチョンがチョン

**岩海苔摘《いわのりつ》み**

平成十七年の真冬《まふゆ》。陽子は、故郷《ふるさと》で一人暮《ひとりぐ》らしをしているお母ちゃんからの早朝の電話でたたき起こされた。

「今日は波が無いしけ、海に出るでぇ」

ずっとずっと前に約束していた岩海苔摘みへの誘いだ。九十才のお母ちゃんを一人で海に出すわけにはいかない。

陽子は、寝ている家族に手紙を置いてすぐに車のハンドルを握《にぎ》った。

故郷までは、車で四時間と少々遠いが、心配だった雪は、道路から消えていた。

到着《とうちゃく》して浜へ下りていくにつれ、舟小屋の前でしゃべっているらしい話し声がだんだん大きくなって来た。

「まーちゃんが、免許《めんきょ》の更新《こうしん》しなった言うて、漁業会のもんらが驚《おどろ》いとんなったでぇ」

お母ちゃんと話をしているのは、お母ちゃんの幼馴染《おさななじみ》の髭《ひげ》の小父さんだ。

「そら、乗らなもったいないだらぁ。機械も舟もまだ使えるだしけ」

耳の遠くなった小父さんにも聞こえるようにと、お母ちゃんの声はいつもより大きい。

「また、前みてゃあに、腰痛《こしいた》めんようにな」

「大丈夫大丈夫《だいじょうぶ》。今日は、遠いとっから助《すけ》っ人《と》が来ただしけ……なあ」

と、陽子が誕生日《たんじょうび》にプレゼントしたばかりの手押し車に座っていたお母ちゃんが手を振った。

「これがあったら、何処《どこ》だって一人で行けるし、困らひんだ」

と言いながら、お尻《しり》の下に差し込んだ手で腰を持ち上げ、舟小屋の奥に壺《つぼ》を取りに入った。

「強がってるけど、まーちゃんは久しぶりの海だしけ頼《たの》んだで陽ちゃん。この頃のまーちゃんは、物も、よう忘れちゃうだで」

と小父さんが耳打ちしてきた。お母ちゃんのことが気になって、陽子の到着を待っていたという。

「何言《なにい》っとるだぁ。あんたの方がようけ忘れとるがな」

悪口は良く聞こえるらしいお母ちゃんが、
おな（舟を海に運ぶレール状《じょう》の割り竹で作った舟の道）に塗る廃油《はいゆ》の壺から棒を振り上げて舟小屋から出て来た。

目を剥《む》いてオーバーアクションした両手を下ろして頭を掻《か》く小父さん。二人の喧嘩《けんか》は、漫才《まんざい》を見ているようで面白《おもしろ》い。

「そうだった。そうだった。まーちゃんは賢《かしこ》いしけ大丈夫だったなぁ」

と小父さんは、白い顎鬚《あごひげ》を扱《しご》きながら帰って行った。

お母ちゃんは、「賢い」と言われると、いつも背筋を伸ばしてシャキッとした。

「これで、舟が転覆《てんぷく》しても大丈夫だらあで」

と、オレンジ色の救命胴衣《きゅうめいどうい》をダウンジャケットの上から着けた。次に、陽子にも救命胴衣

を渡し、

「ちょっと太ったんちやうか」

と、陽子のお腹《なか》を叩いてから掛け合わせベルトの穴を外側にずらした。

真冬の海に放りだされたら、いくら救命胴衣を着けていても助かるはずがない。急に不《ふ》安《あん》になった陽子に、

「大丈夫　大丈夫」

と、首《くび》から下《さ》げて服《ふく》の中に入れていた免許証《めんきょしょう》を引っ張り出した。還暦《かんれき》になってから、ちんぷんかんぷんの専門用語を丸暗記して合格したという自慢《じまん》の小型船舶《こがたせんぱく》の免許証だ。

入江《いりえ》にある田んぼへの行き来。貝や海藻採《かいそうと》り。半農半漁《はんのうはんぎょ》で生計《せいけい》を立てていた多くの家では、舟は必需品《ひつじゅひん》だった。船外機《せんがいき》を乗せた舟が増え、しばらくするとそれらには船舶の免許が義務付けられた。村で二十人近くが受験したが合格したのは五人。その中にお母ちゃんも入った。

「なにこれ！」

「たいしたもんだらぁ」

驚く陽子にお母ちゃんは胸を張って自慢した。更新《こうしん》を繰《く》り返していた免許証が……なんと……遊覧船《ゆうらんせん》も運転《うんてん》できる一級免許に格上げされていたのだ。

この日のお母ちゃんは、船外機の着水《ちゃくすい》に手間取《てまど》っていた。操作《そうさ》の手順を忘れているらしい。陽子は、黙って見ていた。

色々と試《ため》していたお母ちゃんが、やっと船外機を海に下ろし、最初に紐《ひも》を引くという所へとたどり着いた。

「えらい固なって、びくともせん」

お母ちゃんは、力仕事を陽子に頼《たよ》った。

フルッ、ブルッ、ブルルルルルー

起動《きどう》の紐を思いっきり引いた。エンジンは、三度目にやっと掛かった。

「ありがとうな。やっぱり来てもらって良かったわ」

と陽子に手を合わせて船外機の横に座りなおした。舟は、桟橋《さんばし》を離れ、岩山伝《いわやまづた》いにまずは沖の赤灯台に向かって進んだ。

舟から出るエンジンの音が、山を映した瑠璃色《るりいろ》の水面を優しく揺《ゆ》らしてゆく。

「陽子が来てくれたしけ山が笑っとる」

と、お母ちゃんは、海に映って揺れている木々を指さす。

岩壁《がんぺき》の雪が、パウダーのように散って、海面の松にパァーと白い花を咲かせてクシュンと融《と》けた。

港の出口辺りに、巨大な五つのケーソン（円柱《えんちゅう》コンクリートの防波堤《ぼうはてい》）が頭だけ出して沈められている。

「あれは、要《い》らんもんだ。あれが増えても、うらにしは吹くだしけ」

冬に嵐を呼ぶ「うらにし」と呼ばれる西の風は、この地方の漁師《りょうし》にとって、一番の恐怖なのだ。

「御上《おかみ》のしなることは、よう分らんわ。こんなにええ景色が台無しだ」

と、国のしている避難湾整備事業《ひなんわんせいびじぎょう》のケーソンに首を振って顔をしかめた。

松葉蟹《まつばがに》を獲《と》りに行く船が灯台の向こう側を外海《そとうみ》に向かって出て行く。生まれたばかりの波が、次々に押し寄せて来た。舟は、舳先《へさき》を波に向け直して、それらの波が通り過ぎるのを待った。大型船からの横波をまともに受けると、転覆《てんぷく》することも稀《まれ》にある。

赤灯台の傍《そば》で、突然エンジンが止まった。

「整備に出すのを忘れておった……」

と、頭を叩《たた》いて悔《くや》しがるお母ちゃんを崖《がけ》の上の鵜《う》は無視をし続けた。

「水が出てないしけ、こりゃあ冷却水《れいきゃくすい》の故障だなぁ」

と諦《あきら》めて船外機を水から上げて固定する。船外機のエンジンは、海水で冷やすので腐食《ふしょく》が激《はげ》しいらしい。

幸い、目指していた小島は近かった。

「私が漕《こ》ぐわ」

子どものころ体が覚えた櫓漕《ろこ》ぎは、凪《なぎ》の海なら陽子にも自信があった。なのに舟は、なかなか前に進まない。お母ちゃんは、鼻歌つきで舟底に溜《た》まった海水をかき出す。

「そのうちに着くやろ」

と、揺れを楽しんでいるお母ちゃんを乗せた舟は、なんとか目的の小島に到着出来た。

お母ちゃんの放り投げた錨《いかり》が、ぴったりと岩のくぼみに引っかかる。

凸凹《でこぼこ》とした島全体が、黒い帽子《ぼうし》を被《かぶ》ったように海苔《のり》で覆《おお》われている。水際《みずぎわ》の長い赤紫《あかむらさき》の海苔は、この寒いのに、気持ちよさそうに波に体を任《まか》せて泳いでいるように見える。

「気いつけや」

と、先に島へ降りた陽子が転《ころ》んで怪我《けが》をしないように気遣《きづか》う。波打ち際《ぎわ》の濡《ぬ》れた海苔《のり》は、油を塗ったようにぬるぬるだ。

陽子の長靴《ながぐつ》には、お母ちゃんと同じ滑《すべ》り止《ど》めの荒縄《あらなわ》が三重にして括《くく》りつけてある。

「どっこらしょ」

と、続いて降りて来たお母ちゃんは、

「ここが摘《つ》みやすいやろ」

と、初めて岩海苔摘みに挑戦《ちょうせん》する陽子に、足場の良い乾《かわ》いた岩場を教えた。

岩場にしゃがんだお母ちゃんの長靴の踵《かかと》を波が洗う。

指で抓《つま》んだ最初の一葉《ひとは》を口に入れて味見をするお母ちゃんを真似《まね》て、陽子も乾いた一葉を食べてみる。適度《てきど》な塩味《しおあじ》と濃縮《のうしゅく》した海苔味。海苔についてきたゴマ粒ほどの岩のかけらを吐《は》き出して摘みたてを味わう。岩海苔は、寒いこの時期のが香りもあって一番美味しい。

摘まみやすいように藁灰《わらばい》を撒《ま》き、一葉ずつ、錐《きり》と爪《つめ》を使ってむしる真冬の岩海苔摘みは、陽子が想像していたよりもずっと辛《つら》かった。手首から先が、摘みはじめてすぐに麻痺《まひ》状態。

そんなかじかんだ左手にいっぱいになった海苔を、手《て》の平《ひら》で揉《も》んで握《にぎ》りこぶしほどの塊《かたまり》にする。真っ赤になった手の平は、感覚が無くなっているのに痛みだけが骨にひびいてくる。

錐でひっかけて浮かした海苔を爪で抓《つま》んでべりべりと岩から剥《は》がす。

陽子は、時々腰を伸ばして、お母ちゃんの偵察《ていさつ》に行く。竹篭《たけかご》の中は、いつも陽子の倍になっていた。

「道具が違うからだ。これが一本しか見つからなかったしけ」

と詫《わ》びながら、右手の錐では無いねじ回しを見せた。先の幅が広いマイナスのねじ回しは、海苔を岩から剥《はが》しやすいのだと言う。

「錐で刺《さ》さんように気をつけや」

注意されてすぐに錐の先が顎《あご》をかすめた。触《ふ》れた感覚の無い左手に赤い血が滲《にじ》んだ。

「薬水《くすりみず》だ」

「大《たい》したことは無い」と、海の水を陽子の引《ひ》っ掻《か》き傷《きず》に塗り込むお母ちゃんの手は、氷よりも冷たい。


単純作業の繰り返しの横を通る蟹《かに》達は、甲羅《こうら》から目を突き出し、風の当たらない岩の割れ目に入って行く。岩の上に置いた海苔玉が波にさらわれた。

海人のお母ちゃんの目が、時々海苔を摘む手を止めて、西の空の雲の動きをチェックする。

「雲が動き出したしけぇ、いぬるでぇ」

お母ちゃんは、さっさと錨《いかり》を上げ、操縦席《そうじゅうせき》に座った。

ギーコ　ギーコ　ギーコ

お母ちゃんは、座ったまま、左手だけで櫓《ろ》を漕《こ》いでいる。驚いている陽子に、

「一人で磯見《いそみ》をしていた時の技だ。右手は箱眼鏡を持って海の中のサザエやワカメを探さんならんしけ、座って左手で漕いどっただ」

とお母ちゃんは、ずいぶん昔の自分を懐《なつ》かしがった。

「うらにしが吹いたら怖いしけ、ちょっと急ぐで」

と片手を両手に変えて体重を櫓に乗せた。少し横揺れが大きくなった。陽子は、かじかんだ指で水鼻をかみ、その手を海水ですすいだ。刃物《はもの》で切ったような痛さが指先から頭のてっぺんに突き抜けた。

「櫓を漕いどるとぬくいから……ほれ！」

と、外した首巻《くびまき》を、悲鳴を上げた陽子に投げてきた。

厚い雲の切れ目から光が差し込むと、舟は滑《すべ》るように海面を進んだ。

「あれー嬉しやな。ここが虹の根元だわ」

と、お母ちゃんは、船の上に降って来た霧雨《きりさめ》に目をしょぼつかせて喜んだ。

お母ちゃんは、山にかかった虹の根元が近い時は、「誰《だれ》かが会いに来てくれたのだから」と、畑仕事を切り上げてでもその場所に行こうとする虹好きだ。

少女のように虹を喜ぶお母ちゃんの漕ぐ舟が速いのは、もしかしたら、その誰かが手伝っているからかも知れない。「まだまだ元気なお母ちゃんに、まだ天のお迎えはいらない」と、陽子は首を振って、お母ちゃんの首巻を頭に被《かぶ》った。

振り向くと、沖の岩に白波が立ち始めた。

## 壁《かべ》の海

「子どもらぁに迷惑《めいわく》はかけられん」

九十二才で車椅子になったお母ちゃんは、一人で住んでいた家を売って、都会の老人介《ろうじんかい》護施設《ごしせつ》に入った。陽子が週一で顔を見せると、自慢《じまん》の喉《のど》を披露《ひろう》した。でも、一番嬉しい顔をするのは、時々陽子が連れて行く小さな曾孫《ひまご》たちと一緒に童謡《どうよう》を歌う時だった。一番二番三番とどの歌も間違えずに歌える。

「すごいね。ひい祖母《ばあ》ちゃんは賢《かしこ》かったんだね」

と褒《ほ》められると、

「小さいときは、優等生《ゆうとうせい》だっただ」

と丸まった背中を伸ばし、細い目を糸のようにして照れた。

お母ちゃんの足は、立つのがやっとだったが、腕の筋肉《きんにく》はいたって丈夫で車椅子を自力で走らせることが出来ていた。

「丈夫な体に生んでもらっとるしけ、百才で桜を見るまでは頑張らなあかんだ」

と、にこにことして介護を受け、リハビリに励《はげ》んだ。

お母ちゃんは、時々曾孫たちとかたい指切りをする。

「元気になったら、燃《も》えながら沈む夕日を、海が抱くところを見せに舟で連れて行ってあげる」

と、戻れる家も使える舟も無くなっていることを忘れて目を輝《かがや》かせた。

九十七才になっても良く笑って良く食べ、ベッドから車椅子への移動も自分ででき、施設のサークルにいくつも参加していたお母ちゃんが、

「久しぶりだなぁ」

と、陽子が昨日も来ていたことを忘れ出し、自力で行ったトイレで大量の紙を使うようになった。そして、ついに、汚水《おすい》を部屋に溢《あふ》れさせてしまった。

次の日、部屋に紙おむつが置かれた。

「まんだいらん。自分でできるしけ」

と、訪ねてすぐの陽子に、涙《なみだ》で濡《ぬ》れた手を合わせた。でも、陽子は、首を横に振り、お母ちゃんの背中をさすって落ち付かせると、伸びていた足の爪をゆっくりと切っていった。

その日の夜から、紙おむつになり、シーツの下にビニールが敷《し》かれた。

それまで残さず食べていた三度の食事に全《まった》く箸《はし》を付けなくなったお母ちゃん。

「ブランデーの入ったハーゲンダッツだよ」

と、大好きなアイスクリームをスプーンですくって口まで持って行っても、

「働いとらんしけ腹が空《す》かんだ」

と、歯をくいしばった。

生まれた村で子どもを育てながら、七反《しちたん》の田畑と牛の世話。小舟を操《あやつ》っての海藻採《かいそうと》り。牛をやめてから始めた酒屋は、一人で切《き》り盛《も》りして八十才まで続けた。笑うことが元気の薬だと言っていたお母ちゃんの命を、点滴《てんてき》の注射針が場所を変えながら繋《つな》いでいく。ベッドの上で夕焼け雲を見ているお母ちゃんの涙が、目じりの皺《しわ》を伝っていく。

百五十八センチで三十八キロ。一週間で六キロも減った。

「心臓の弁《べん》がほとんど動いていません」

施設に隣接《りんせつ》する病院の医師から、命がもう残されていないことを知らされた。点滴の針を指し込める場所ももうないと。

お母ちゃんの閉じている目の下の窪《くぼ》みに乾《かわ》いた涙がへばりついている。

「痛いしけ取らんでもええ」

と、濡《ぬ》らしたガーゼを払いのけたその時、節《ふし》くれだった細長いお母ちゃんの指の影が……白い壁の中で踊った。

「そうだ。この部屋の壁をスクリーンにすれば、視力《しりょく》の悪くなったお母ちゃんでも見られる」

「ここに故郷《ふるさと》の海を持って来てやろう」

陽子の頭のコンピューターがフル回転して、今、出来ることを弾《はじ》きだした。

古いビデオをテレビに繋《つな》ぎ、次々に古いテープを入れ替えてテレビ画面でお母ちゃんが写っている故郷の海を探す。お盆の墓参りの映像では、海が遠すぎる。離れ島での海水浴の中には一緒に行っていたはずのお母ちゃんがいない。やっと……曾孫《ひまご》たちの夏休みの中に舟を漕《こ》いでいる母ちゃんを見つけた。

「やったー」

テレビの中のお母ちゃんと海を、手ぶれ補正《ほせい》がきき、壁に大写《おおうつ》しできる買ったばかりのプロジェクターのついた新しいビデオで撮影《さつえい》していく。

盆踊りの映像の中にお母ちゃんと仲良しだった人たちを見つけると、顔を大写しにして撮っていく。

もっと良い方法はあるのだろうが、説明書を読んで使いこなすには……残されている命の時間が足りなかった。

次の日、汽車で駆《か》け付けた姉ちゃんが、

「そんなことしたって目も見えとらんし……かえってしんどなるだけやで」

と、言いながらも、鮮明《せんめい》に映るようにと、カーテンを引いて部屋の電気を消し、窓側に立って壁をより暗くした。

舟で、はしゃぐ子どもの映像が出ると、ビデオをプロジェクターに切り替えて壁をスクリーンにした。

薄暗かった枕元の壁が、一瞬《いっしゅん》で、輝く夏の海に代わった。姉ちゃんが、手でメガホンを作って、

「海だでぇー。陽子が海を見せとるよ」

と、お母ちゃんの耳に話しかけた。

壁の海は、時々お母ちゃんの日焼けした笑顔をアップにして揺れる。風で縺《もつ》れるお母ちゃんの髪の毛は、まだ半分黒い。

ギーコ　ギーコ　ギーコ

お母ちゃんの漕《こ》ぐ櫓《ろ》の音が大きくなると、五日間閉じられていた細い目が、目ヤニを伸ばして開かれた。

「ほんまに……海だ。……海だがな」

と、目をこすって故郷《ふるさと》の海に手を合わせた。

映像が盆踊りに替わると、お母ちゃんの指先が踊り出した。頬《ほほ》が少しずつ色づいて、息が速くなった。ビデオを止めさせ、窓から風を入れていた姉ちゃんがビルの上を指した。そこには、消えかけた虹が短く弧《こ》を描《えが》いていた。

誰かが、お母ちゃんを迎えに来ていたのかも知れない。陽子は、窓を閉めてカーテンを引いた。少し薄暗くなった部屋で、お母ちゃんは集まっていた一人一人の顔を見てつぶやいた。

「もうちょっと生きてみようかねぇ」


その夜、お母ちゃんは、十日ぶりに口から食べ物を入れさせた。

それから四か月後の雪の降る夜、陽子たちのお母ちゃんは、百才の桜の季節まで二年と少しを残して、眠ったまま虹の向こう側に旅立った。

虹が出た
だから用事は
後回し

# トコショヨットの唄《うた》

「食器は、割れんように新聞で包んどいてや」

「いらんもんは、大家《おおや》さんが処分してくれはるから、台所にまとめといて」

昭和三十年、父ちゃんのお骨納《こつおさ》めもまだ済んでいない夏休み最後の夜中、突然に新井家の引っ越しが始まった。

「父ちゃんのお骨は、赤いセーターにくるんで、茶色の鞄《かばん》に入れといて」

母ちゃんの矢継《やつ》ぎ早《ばや》に飛ぶ指示に、四年生の路子《みちこ》と二十歳《はたち》の姉ちゃんはてんてこ舞い。誰《だれ》にもさようならをしないまま運送屋のトラックの荷台から朝焼けの残る街に別れを告げた。

駅に着くと、布団《ふとん》を入れた二個の大袋は、乗車券を見せてチッキ（その昔、乗車区間を貨物列車《かもつれっしゃ》で運んでくれた）にして汽車に乗り込んだ。

真っ黒のC57が、西へ西へと煙を吐きながら、六両の客車を引っぱって走る。母ちゃんは、父ちゃんの入った茶色の鞄を膝《ひざ》に乗せて目を閉じていた。姉ちゃんも、二人《ふたり》で取り合っていた「赤い毛糸のあやとり」を路子に返して目を閉じた。また熱が出て来たのか、頬《ほほ》がほんのり赤い。しんどそうに時々肩で息をしている。

汽車に乗ってから、五時間が過ぎると、乗客たちのおしゃべりが、ところどころ分かりにくい方言になった。

「まあじっきトンネルだしけ、そこの窓を閉めてくんねぇや」

「はい」

返事は良いが、なかなか窓を下げられなかった路子に小母《おば》さんが見本を見せた。

「強く挟《はさ》んでパッチンしたまんま下げるだ」

一つ目のトンネルを出ると、輝いた海が見えて来た。路子は、日本海を見るのは初めてだ。海水浴場に舟や人の姿が小さく見える。路子は、松林が見えなくなると窓から出していた首を引っ込め、今度は窓を上手く閉めれた。

汽車が、吐き出した煙と一緒に又トンネルに入った。どこかの窓から入ったらしい黒い煙が、一気に視界をさえぎる。慌《あわ》てて息を止め、帽子で顔を隠すと、苦しそうに咳《せき》こんでいる姉ちゃんの背中をさすった。やがて窓が何ヶ所か開けられ、煙が消えた。

「ガタッ　ゴトッ　ガタッ　ゴトッ」

と、汽車の音を真似てみる。

「この暑さだでぇ、線路も伸び切っとるしけ、繋《つな》ぎ目《め》の揺《ゆ》れが少ねぇだ」

「冬は、線路も縮《ちぢ》むしけ、ガッタンゴットンと音が大けぇなるだでぇ」

と毎日汽車に乗っている小母さんが教えてくれた。魚の行商《ぎょうしょう》の小母さんたちは、船から港に揚《あ》げられた新鮮《しんせん》な魚を氷と一緒に缶《かん》に入れて売り歩く。袖《そで》から出て盛り上がる腕《うで》は逞《たくま》しい。

「今日も、仕入れた魚は全部売り切ったで、空《から》っぽだ」

と、嬉《うれ》しそうに通路に置いている缶を叩いた手で、ハッカ飴《あめ》を路子にくれた。ちょっと魚の臭《にお》いが付いた飴は、辛くて鼻にツンときた。

長かったトンネルを抜けると、汽車は港の見える駅で止まった。行商の小母さんたちが、背負子《しょいこ》に風呂敷きで包んだ缶を二段重ねにして下りて行く。化粧品《けしょうひん》や小間物《こまもの》の行商をしている路子の母ちゃんの荷の軽く二倍はある。

汽車は、緑の旗を持った駅長さんに見送られて、ゆっくりと動き出した。

ガシャ
開けっぱなしの入り口の戸が自動扉《じどうとびら》のように閉まった。閉めたのは猫の後《うし》ろ脚《あし》。なんと乗客は、黒猫だ。キョロキョロしながら近づいて来る。

「おっ」

通路に突然伸ばされた足を、猫はひょいと飛び越えると、大きく伸びを一つした。

ガタッタン
猫が姉ちゃんの膝《ひざ》に飛び乗った。前足の先が、白靴下《しろくつした》を被《かぶ》せたようでかわいい。撫《な》でてもらって、飼い猫のように喉《のど》を鳴らした。

「どちらまで」

声を掛けたのは、ときどき姉ちゃんを見ていた眉毛《まゆげ》の太い青年だ。書いていた手帳を閉じて通路の向こうの席から聞いて来た。

「鎧《よろい》です」

「旅行ですか？」

「いいえ……」

口ごもって姉ちゃんは猫に目を移した。青年は、それ以上は聞かず、

「後十一分で着きます」

と、腕時計《うでどけい》を見ながら言った。

姉ちゃんが咳《せき》こむと、猫は、髭《ひげ》を顔にぴたりとくっつけて膝から飛び降り、眉毛の青年の横の席に腹ばいになった。ガタッゴトッと、線路の繋《つな》ぎ目《め》で汽車が音を出すたびに、猫の背中が上下する。

「おっと」

青年は、大きな「ガッタン」で落ちそうになった猫を元の位置まで戻す。と、又手帳に何かをメモった。猫の方を見ていた姉ちゃんが何故《なぜ》かため息をついた。

「ただ今、余部鉄橋《あまるべてっきょう》は、強風のため渡ることができません。おそれいりますが、安全のた

め、次の鎧駅《よろいえき》で風が治まるまで停車致します」

突然の車内放送で静かだった車内が騒《さわ》がしくなった。余部《あまるべ》の村をひとまたぎする東洋一の高さを誇《ほこ》っている鉄橋も、風速が二十五メートルを越すと汽車を通さない。

「よかった……」

母ちゃんのつぶやきは、汽車が風待ちをする鎧駅で下りるからだ。

母ちゃんは網棚《あみだな》から荷物を下ろし、ランドセルを路子に渡した。明日から二学期が新しい学校で始まる。食器や不安がいっぱいつまったランドセルは重い。母ちゃんの四角いボストンバックは、行商のために仕入れた化粧品やナイロンストッキングで、はち切れんばかりに膨《ふく》らんでいた。姉ちゃんは、父ちゃんのお骨《こつ》の入った茶色の鞄を抱《かか》える様にして持った。

汽車が停まると、青年は、腕に黒猫を抱きかかえ、目礼《もくれい》して、下りて行った。路子たちも続く。

プラットホームに下り立つと、姉ちゃんのスカートの裾《すそ》がめくれて膝小僧《ひざこぞう》がまる出しになった。当時めずらしかったナイロンストッキングをはいた姉ちゃんの細くて白い足は、妹の路子からみても惚《ほ》れ惚《ぼ》れするほど美しい。若い駅員さんが、眼鏡を上げて切符を受け取る。

Ｃ57から吐き出された白い蒸気《じょうき》がその強い風で舞い散る。

地図を見ながら線路の下のトンネルをくぐって海側の上りホームに立つと、白っぽい水平線が小さな入り江と雲の走る大きな空を分けていた。村の西側には、すべり台のような急勾配《きゅうこうばい》の線路が駅と港を直線で結んでいる。

「大敷網漁《おおしきあみりょう》で捕《と》った魚をトロ箱に詰めて貨物列車へ乗せる、珍しい、魚専用の線路です」と、駅員さんは、最後にちょっと自慢《じまん》した（この短い線路は、トラック輸送に替わった昭和四十五年ごろまで使われていた）。

東側には、走ると転がり落ちそうな細い道が、六十軒ばかりの家々を縫《ぬ》って、何本も海へと続いていた。

「姉ちゃんの病気のことは、誰《だれ》にも言うたらあかんよ。ここにも、住めなくなるからね……」

目印の石ころの乗ったトタン屋根が見えて来ると、母ちゃんは路子に三度目の念を押した。姉ちゃんの病気は、死んだ父ちゃんと同じ胸の病気だった。

「ここで頑張ろな。高い薬は買えんけど、新鮮《しんせん》な魚をいっぱい食べたら必ず治るんやから」

「じゃあ、治ったら、大阪に帰れるんやね」

路子の問いに、母ちゃんは大きく頷《うなず》いた。

鎧《よろい》の家は、「困ったらいつでも使え」と、戦地から手紙をくれた母ちゃんの従兄《いとこ》の家だ。戦後、連絡は途絶《とだ》えていたけれど、頼《たよ》るところはここしか無かった。

手紙を読み終えると、留守番を頼まれているという松枝さんは、

「まあまあ、そうでしたか……。それは遠いとこからよう来なったなぁ」

と、やっと警戒心《けいかいしん》を解《と》いて土間《どま》に案内してくれた。土間には、黒光りした、煮炊きをするためのへっついが二つ並んであり、食事の準備が別々に出来ると言う。

「シッシー」

裏口の木戸から入って来た猫を松枝さんが竹ぼうきで追い払う。追い出されたのは、お腹《なか》の大きなキジ猫だ。

「この村の猫は、甘い顔みせたら、何ぼでも子猫を連れて来ますで、気ーつけてくんねぇ」

「要る物があったら、遠慮《えんりょ》せんと使ってもらって、後で返してもらっといたらええですしけ」

と猫の注意の次に、調味料と薪《まき》の置いてある場所を教えた。

「二階は私が使っとりますしけ、新井さんとこは、二階を使って下さい。時々甥《おい》が私の様子を見に来ますしけ鍵は掛けんことにしとります」

「泥棒《どろぼう》？たとえ入っても、気の毒がってお金を置いて行ってくるだらぁで」

と松枝さんが可笑しそうに笑った。小さな村で鍵を掛ける習慣のある家は、そのころはとても少なかったのだ。

二階は、廊下《ろうか》を挟んで四畳半が二部屋。どちらにも窓があって屋根と続いていた。

「静子は、こっちがええ」

母ちゃんは、海の見える窓がある方を静子姉ちゃんの部屋に決めた。風が雲を取り去った広い空の下で、波が岩を洗っている。しぶきを上げる日本海は、見ているだけでも姉ちゃんを元気にしてくれそうだった。

路子と母ちゃんの部屋は、折れたシイの木の枝が屋根に垂《た》れさがってトタン屋根を叩いていた。

「もうしばらくは、ここで我慢《がまん》して下さいね」

母ちゃんは、鞄から出した父ちゃんのお骨を、小さな飾《かざ》り棚《だな》に置いて手を合わせた。

路子と母ちゃんは、姉ちゃんを残して、チッキで着いている荷物を駅に取りに行った。

駅の前には、小さな何でも屋の店があった。母ちゃんは、ここで米と調味料とサバを一匹買って、借りたリヤカーのカジを握《にぎ》った。路子は坂道でスピードが出ない様に後ろで引っぱった。

米に、多めの水を入れて、母ちゃんがおくどさんに釜《かま》をセットして新聞紙に火を点《つ》ける。

「浜で拾ってきた流木《りゅうぼく》もええ焚《た》き木になるしけ、明日からは頼むでぇ」

と言いながら、煮炊きに使う薪《まき》を使わせてくれた松枝さんが、御飯の炊き方や火吹き竹の使い方を一から教えてくれた。今まではガスでしていた食事の準備を、ここでは、全部薪や炭ですることになった。母ちゃんは、サバを焼きながら、何度も煙を扇《あお》いでは、目をこすった。

返しに行くのを、胸を叩いて引き受けたリヤカーは、荷物が載《の》っていなくても、上り坂ではめちゃくちゃ重い。見上げた石垣の上の大きなイチョウの木が茂らせた葉を裏返している。強い風がまだここにも残っていた。路子は、リヤカーをイチョウの横の校門前に置くと、小学校の校舎に入った。オルガンの音に誘われる様にして講堂の横の階段を上がった。小さな二人座りの机が三列で四つずつ並んでいる。オルガンを弾《ひ》いていたのは、パーマをかけた若い女の先生だった。

「転校生？」

オルガンを閉めて先生が聞いて来た。

「はい」

「お名前は？」

「新井路子です。母と姉と私の三人で、大阪から引っ越して来ました。よろしくお願いします」

　突然に聞かれたことなのに、路子は、はっきりと自己紹介ができた自分にびっくりした。

「元気があって素敵ね。何年生かな？」

「四年です」

「じゃあ、残念だけど、ここと違う。路子ちゃんは、余部小学校《あまるべしょうがっこう》」

「えっ？……余部？」

「そう、鉄橋の下の小学校」

　鎧《よろい》の学校は、一年から三年までが一緒に勉強している余部小学校の分校だった。

「じゃあ、汽車で？」

　嬉しそうに聞く路子に、吉田先生は苦笑《にがわら》い。

「残念だけど余部に駅はまだ無いの。で、線路通学。いや、トンネル通学かな」

　余部に住んでいる吉田先生は、毎日、四つのトンネルを抜けて、鎧の分校に通勤をしているという。「余部に駅を」の嘆願《たんがん》は、まだ始まったばかりだった。

「怖いのは最初だけ。すぐ慣《な》れるわよ」

　と、しょげかえった路子のおでこをつつくと、窓を閉めて帰《かえ》り仕度《じたく》を始めた。

「汽車の通らない時間を選んで行き来すれば大丈夫。線路道は、マムシの出る山道の三分の一の近道だからね」

と話かけながら、皮のブーツの紐《ひも》をしっかりと編《あ》み上《あ》げていく。

「転校生はめずらしいし、きっとみんな優しくしてくれるわよ」

と、路子の不安を和らげ、リヤカーの後ろに回る。リヤカーは、先生に押してもらって、ころころと駅への坂道を登った。上りの汽車がホームを離れると、吉田先生は、鞄から出した大きな懐中電灯《かいちゅうでんとう》を点け、

「いじめられたら、いつでも言ってね」

と言って線路に下りた。路子は、先生がトンネルに消えると急に怖くなって走り出した。時々かかとでブレーキをかけながら、二階に灯りが点いた家を目指した。


「よろしくお願いします」

始業式の朝、行商《ぎょうしょう》に行くために上りの汽車に乗り込んだ母ちゃんが、デッキに立ったまま、線路に下りて行く六年生たちへ頭を下げた。路子は、一列でトンネルに入って行く長い列の後ろを、時々走りながら、必死でついて歩いた。

入り口よりもずっと小さなトンネルの出口が、暗闇《くらやみ》の向こうで陽炎《かげろう》のように揺《ゆ》れている。

路子は、両手の握《にぎ》りこぶしを爪が食い込むほどに強く握り、枕木《まくらぎ》を数えながら進んだ。

「ひゃー」

レンガ造りの天井から落ちて来た水滴《すいてき》が、路子のランドセルに当たって首に跳《は》ねた。

六年生が、暗いトンネルの中でもひときわ暗い壁を懐中電灯で照らした。そこは凹《くぼ》んでいて、汽車が来た時に入る待避所《たいひしょ》だそうだ。

「ランドセルは止《や》めた方がええでぇ。背中から出っ張っているから、ここに入っていても汽車にひっかけられやすいし」

と教えてくれた。そういえば、みんなの鞄は、肩から斜《なな》めに掛けた布鞄だ。

「ひっかけられたら、こんな顔になるぞぉ」

と、友達になったばかりの卓哉《たくや》が懐中電灯であごの下から自分の顔を照らして路子に見せた。

「イテェー」

四年生の卓哉が六年生にど突かれた。おまけに懐中電灯を取りあげられた。

「卓ちゃん！　路子ちゃんをいじめたらあかんよー」

暗闇の中から、吉田先生の声が近づいて来る。

「いじめてませーん」

分校の吉田先生とは、毎朝この辺ですれ違うらしい。

「おはようございます」

皆の元気な挨拶《あいさつ》がトンネルの中で響《ひび》き合《あ》う。

「今、もし、汽車が来たら、そこに入って、汽車が通過するまで息を止めとくだぁ」

三つ目の待避所の前で、卓哉がささやいた。

「何分ぐらい？」

「貨物だと十分」

「絶対無理……」

「うそ、うそ。三十秒」

と、半べその路子に卓哉があわてて訂正する。

「ぎゃー」

待避所の隅《すみ》からとび出した二つの光る目に卓哉が体当たりされて尻《しり》もちをついた。六年生が線路のまん中を走る黒猫の尻尾《しっぽ》を懐中電灯で追い掛ける。

「何処の黒猫だらぁ」

「鎧《よろい》には黒猫はおらんしなぁ」

「流れもんだらぁ」

路子以外誰も知らない黒猫だった。

余部鉄橋《あまるべてっきょう》の空をイワシ雲が一人占《ひとりじ》めした九月のある日、五年と六年が作業で遅くなることを知った卓哉が、鎧《よろい》の四年生全員を鳥小屋の前に呼び出した。

「今日、新入りの路ちゃんを鍛《きた》えたるしけ、帰りは鉄橋を渡って帰らぁでぇ」

「路ちゃんには、まだ早いんちゃう」

「余部のもんらは、鉄橋の梯子《はしご》を上《のぼ》り下《お》りして、鎧のもんに自慢《じまん》しとるだらぁ」

「あれは、自慢とちゃうでぇ」

「橋守《はしもり》になりたいしけ、練習しとるんだわ」

と女の子たちが、卓哉に首を振《ふ》る。

橋守とは、鉄橋の傷みやボルトの緩《ゆる》みを点検し補修する仕事だった。明治四十四年に建設された赤い鉄橋は、錆《さ》びに弱い鉄の櫓《やぐら》を組みあげたトレッスル方式の橋なので、塩分を含《ふく》んだ海からの風で錆びやすく、激しい振動でボルトが緩みやすかった。そのため、橋守の仕事は、安全運行のために欠かせない。天空の鉄骨をまたいでペンキを塗る橋守は、鉄橋の下で寝起きする余部の男の子たちの憧《あこが》れの職業の一つだ。（２０１０年に、鉄橋から、コンクリートの橋に替わった）

「トンネル通るのも怖々《こわごわ》だのに、高い鉄橋の上は、まだ無理だわ」

「絶対、途中で動けんようになって泣くでぇ」

「泣かしたことがばれたら、また、便所掃除だ」

皆は乗り気ではない。

「一年生でも渡れるのに大丈夫だって」

それでもガキ大将を自認《じにん》する卓哉は最初の提案《ていあん》を取り下げない。

「今日は、遅なったら困る。風呂の日だし」

「私も」

一週間に一度沸《わ》かす風呂は、鎧では、二・三軒がお互いにもらい風呂をし合った。風呂当番は、子どもたちの責任重大な仕事の一つだった。

「肝心《かんじん》なのは路ちゃんの気持ちと違う？」

「イヤだ」を期待して卓哉以外の顔が路子の前に並ぶ。そこに卓哉が割って入って、

「鉄橋やトンネルを怖がっていたら、路ちゃんの天国の父ちゃんが泣くでぇ。いつまでたっても鎧や余部の子にはなれんしけ」

と、四角い顔を路子に近づけて声を荒げる。漁師だった卓哉の父ちゃんも、卓哉が一年生の時、海に呑《の》まれて天国に行っていた。路子は、はなじるをすすって、真上の空を仰《あお》いだ。イワシ雲がそこだけひっつき合って、怒った父ちゃんの顔みたいに膨《ふく》らんでいた。

「渡る」

路子の大決心に、卓哉がジャンプしながら手を叩いた。

日直で遅くなった路子は、姉ちゃんの縫《ぬ》ってくれた鞄を右肩に斜め掛けにして、いつもと反対の村道を一人で鉄橋への登り口へと向かった。

初めて真下から見上げる鉄橋は、教室の窓から見ていたよりもずっと大きく、うんと高かった。父ちゃんが得意だった「あやとり」の「五段梯子《ごだんばしご》」のような鉄橋に汽車が来た。後ずさりしてもたれた壁の横の玄関が突然開いた。出て来たのは、同じ組の山崎くんだった。二人の頭上をマッチ箱のように小さく見える貨物列車が、車体の半分を煙で包みながら、ガタガタガタと大きな音をたてて通って行く。玄関のガラス戸も、一緒にカタカタカタと音を立てて揺れる。十両編成は長い。最後尾《さいこうび》の車両が頭の上を通り過ぎると、山崎くんが首に下げた懐中時計を手に持った。

「三時十一分。定刻《ていこく》」

と、針を路子に見せた。

「汽車からうんこが降って来て洗濯《せんたく》ものが汚れた時は、腹が立って石を投げたるねん」

「ええ?」

驚いて物干台《ものほしだい》を見上げると、地図の残った敷き布団が一枚干《ほ》してあった。

「当たらんけどな」

山崎くんは、頭を掻《か》いてカメのよう首を縮《ちぢ》めた。

蒸気機関車の便所は、穴から線路まで垂《た》れ流《なが》し式《しき》で、スピードを上げて汚物《おぶつ》を飛散《ひさん》させる。「停車中はご遠慮《えんりょ》願います」のプレートの前でがまんしたのがつい先日。でも、「鉄橋の上では……」の注意書きはなかった。

憤慨《ふんがい》してゲンコツを突き上げる路子と一緒に山崎くんも鉄橋を見上げる。まん中の橋《きょう》脚《きゃく》を大きなペンキの缶を持った男の人が横や斜めに渡された鋼材に手をかけ、四十五度に渡された細い梯子《はしご》をゆっくりと昇って行く。

橋守《はしもり》の仕事は、夏も冬も風の日も、錆《さ》びた所をていねいに落としてから、穴の空《あ》いた所を何度も下塗りして最後に上塗《うわぬ》りで仕上げる。命綱《いのちづな》の帯状の紐《ひも》を腰に回して、高さを上げたり下げたりして作業する。兵隊さんのようなゲートルを巻いて地下足袋《じかたび》とズボンを一体化させている。高いところでの作業は、わずかな引っかかりも油断も命取りになるのだ。

橋脚をジグザグに空へ向かって昇って行く。

「カッコエエだらぁが」

橋守の男の人は、確かに女の路子から見てもかっこ良かった。姉ちゃんや母ちゃんや父ちゃんと、一度だけ見たサーカスの人みたいだった。

「いけない」

卓哉たちを待たせていることを忘れていた。

「さよならぁ」

手を振りながら走り出す。一番西の橋脚《きょうきゃく》の横の細い道を汗だくで上がって行った路子に、桜の木の陰《かげ》で待っていた卓哉が優しく聞いた。

「大丈夫か？」

一緒に鉄橋を渡ってくれるのは、結局、卓哉だけだった。

「……うん」

「ほら、線路の横に、ちゃんと歩く道があるだしけ、怖くないだらぁが」

横板を鉄の枠に渡してある歩道の幅は、わずか九十センチ。手を広げれば車輪と接触してしまう天空の歩道が、三百十メートルも続く。線路の端っぽがくっつくみたいになって、鎧側《よろいがわ》のトンネルに消えている。路子は、頷《うなず》きながら唾《つば》を飲み込んで汗を拭《ふ》いた。

「手すりを左手で滑《すべ》らせて、前にいる俺だけを見て歩け。楽しいことだけを考えてさっさと渡る。下は、絶対に見たらあかんでぇ」

と真剣な顔で教えると、卓哉は、さっさと鉄橋を渡り出した。路子は、ハンカチをポケットにねじ込み、急いで後を追う。手すりの手を放《はな》すと、鳥みたいに空に飛び上がりそうだ。

「しまった」一瞬《いっしゅん》、降下して鉄橋をくぐり抜ける鳥の群れを目で追ってしまった。と、板と板の細い隙間《すきま》から、四十メートル下の黒屋根が目に入った。

「下向くな！」

遠くで卓哉が怒鳴《どな》る。しゃがんで震《ふる》えている路子の背中に、前から来た高校生が、

「気を付けて帰りや」

と声を掛けてすれ違って行く。人がすれ違う時にも足元が揺れる。路子は怖くて石のように固まった。揺れが治まるのを待って立ちあがると、震えている膝《ひざ》の下から、

「あっ」

と人の声。びっくりして、また、しゃがむ。板の隙間から、何かが舞いながら落ちて行くのが見えた。続いてすべり台を滑るように人が橋脚の梯子《はしご》を前向きで滑って行く。さっき山崎くんと一緒に見た橋守《はしもり》さんだ。どうやらペンキを塗っていた刷毛《はけ》を落としたらしい。良かった。下には誰もいない。高いところから物を落とすと、刷毛でも、凶器になるのだ。気を取り直して立ち上がる。イワシ雲が消えた青い空をトンビが弧《こ》を描きながら高度を上げて行く。

「大丈夫……大丈夫……大丈夫……」

声に出して唱《とな》えると震えが止まった。

「あれ」何かを咥《くわ》えた黒猫が路子を追い越して行く。左手で手すりを滑《すべ》らせながら黒猫を追い掛けて走る。猫が咥えているのは、路子のハンカチなのだ。黒猫は、鉄橋の終点で、ハンカチを落とすと、オニヤンマを追って山道に消えた。

卓哉が懐中電灯を振りまわしてトンネルを走る。トンネルの中の枕木はまん中がすり減っているので走りやすい。たった二人でトンネルを抜けるのは初めてだ。置いてけぼりは、鉄橋を渡るよりも怖そうなのでひっしで後を追う。

ブポォー　の汽笛と一緒に壁と線路を代わりばんこに照らしていた灯りが一瞬で消えた。トンネルの入り口で汽車がライトを点けたのだ。戻って来た卓哉が、路子の手を掴《つか》んで待避所に飛び込む。

「乳《ちち》を壁にくっつけてハンカチで口をふさいどけ」

「何で汽車が来るの？」

「知るかー。多分臨時《りんじ》じゃ」

「長いん？」

「分からん」

「貨物？」

「せーのー」

押し問答どころでは無い。目が開けておれないほどの大量の煙がトンネル内を暴れまくるし、汽車の音も乗っていた時の何倍も大きい。何時《いつ》息を吸ったら良いのかも判らないので、息を止めて指を折る。六十で息を一回吸ってまた止める。百を越したら煙は消えたがまだまだ臭《くさ》い。最後の貨車が過ぎ去ると、明るい出口を目指して、全速力で走った。

勢いよく暗いトンネルをとび出すと、真っ白な景色の中で蝉《せみ》しぐれ。松林のチッチゼミの大合唱は、小さな体に似合わず良く響く。胸のドキドキは残っていたが、外の景色に目が慣《な》れた。

「真っ黒やー」

お互いの顔を指しながら笑いこける二人を、

「よぉ、ご両人」

「トンネルでタコにいたずらでもしたんかいな」

とトンネルとトンネルの間の線路で工事をしていた小父《おじ》さんたちがからかう。この八人の保線《ほせん》マンは、鎧駅《よろいえき》の横にある官舎《かんしゃ》に住んでいて、卓哉とは顔見知りのようだ。卓哉が、新入りの保線マンと同じように熱いレールの上に這《は》いつくばって言った。

「うん、ちょっとだけ歪《ゆが》んでる」

「生意気言うな卓哉。この竹中さんは、将来国鉄《こくてつ》を背負って立つお方で、今は保線の勉強中だ。邪魔《じゃま》したらあかんぞぉ」

親方《おやかた》にたしなめられて、卓哉は、駅長さんのような敬礼《けいれい》をした。夢が「鎧《よろい》の駅長さん」の卓哉は、眉毛《まゆげ》の太い竹中さんに敬礼をほめられて嬉しそうだ。

「あっ、あの時の」

竹中さんは、汽車から黒猫を抱いて下りた太い眉毛の青年だった。「ガッタン」のひどい揺れのチェックも竹中さんの仕事のうちだと教えてもらった。橋守《はしもり》と保線マン。安全で、乗りごこちの良い線路を作るための仕事を、路子は今日、二つも勉強したことになる。

「線路の路。路ちゃんてええ名前だなぁ」

と言ってしまってから、卓哉は線路の土手に沢山咲いていたアカツメグサを無造作《むぞうさ》に採《と》って、

「鉄橋を渡ったお祝いだ！」

と言って路子に持たせた。

「コラ始まるぞー、コラショット」

「コラショット」

親方の音頭《おんど》で八人の小父さんたちが呼吸をそろえて同じように声をはり上げる。眉毛の

竹中さんの声もそろった。線路の枕木《まくらぎ》の下の空《あ》いた隙間《すきま》に、周囲のバラスト（砕石《さいせき》）を入れ、ビーター（つるはしのような重い工具）を振り上げ、調子をとりながらつき固める。しんどい保線工事の力仕事に弾《はず》みをつける「トコショットの唄（線路つき固め音頭）」が始まった。

♪北は　さ　広き　コリャ　日本海
南は　全部　　この　大鉄橋

朝から　晩まで
ヨイトン　コラショッ　と
こりゃ　泣き　暮らす

小父さんたちのトコショットは、路子と卓哉が次のトンネルに入ってもまだまだ続いていく。

父親のいない卓哉と路子。二人だけのトコショット音頭は、響き合って、同じフレーズを繰り返す。

「ヨーイ　トーン　コーラショッと」

「ヨーイ　トーン　コーラショッと」

「トンネルなんか　怖くない」

「トンネルなんか　怖くない」

　この日から路子は、トンネルが平気になった。

　朝早く、路子は姉ちゃんを起こさないように忍び足で階段を下りた。母ちゃんは二日前に大阪に行商の商品を仕入れに行ったまま、まだ帰って来ていない。米はあるがおかずが無かった。路子は、左手にバケツ、右手に卓哉に借りたタコばかしの竿《さお》を持って海に向かった。

　タコばかしは、赤い布を振って、餌《えさ》のカニだとだまして抱かせる漁法だ。何度か卓哉の傍《そば》で見ていたので自分にも出来そうだった。船着き場では、忙しそうに猫たちが動き回り、見つけた餌で争っていた。そこに空からカラスが下りて来て、猫の尻尾を突いてかっぱらっていった。でも、猫たちは、何もなかったかのように、港から駅に伸びる線路の土手に間を広く開けて一列に座った。ほとんどが茶色か黒のキジ猫だ。群青色《ぐんじょういろ》の海に顔を向けている猫、働いている人を目で追っている猫、あくびをしている猫など、ポーズは様々だ。この場所で大敷網漁《おおしきあみりょう》の船を出迎えるのが鎧《よろい》の野良猫たちの日課なのだ。

路子は、市場の手前で浜に下りた。漬物石《つけものいし》のような、ごろごろした石の隙間《すきま》の海中に赤い布をひらひらさせてタコをおびき寄せる。九月末の海水は、膝《ひざ》を越えると冷たい。水面に鼻をすれすれにして目をこらす。こうすれば、水の中が良く見える。ヤドカリが急いで海藻《かいそう》の陰に隠れる様子まではっきりと見えた。

「いたいた」石と同じ色の胴体を引きずるようにして、タコが大きな石を越えようとしている。路子は、周りの石を竿の先でつつきながら、大きなタコを砂地に追い込んだ。「すごーい」タコの体が白い砂の色と同じになった。その白タコが、目のまわりを黒くして路子を威嚇《いかく》してきた。おまけに、ニキビの親玉のようなぼつぼつを突起《とっき》させて不気味だ。路子は、水面から顔を離してタコはやめ、岩場での貝採りに切り替えた。みそ汁に入れるフジツボがたくさん獲《と》れた。

大敷網漁が大漁旗《たいりょうき》を出して港に帰って来ると、ウミネコたちも空から集まって来た。線路を駅に向かって上るトロ箱の列がガタガタガタガタと休みなく続く。箱から飛《と》び跳《は》ねた魚を野良猫たちが狙《ねら》う。トビウオを咥《くわ》えた黒猫が路子を目指して跳ぶように走って来た。頭をなでると、魚を置いて、「みっにゃんどうぞ」と、喋《しゃべ》った……ように聞こえた。

トントントントントントン

シイの実がトタン屋根に落ちる音で目が覚めた。母ちゃんの足を踏《ふ》まないように気をつけて部屋を出る。忍び足で階段を下りる時、背の高い影が松枝さんの部屋の戸を開けて入って行った。時々泊まりに来ている人らしいが、薄暗い土間《どま》の豆電球では、暗くて顔は今日も分からなかった。裏庭に出ると、便所に直行。この時代の田舎の便所は、たいがい外にあった。満月を背にそんな路子を屋根の上で黒猫が見ていた。

「路ちゃん、時間だのに何しとるだぁー」

朝からシイの実を拾っていた路子を卓哉が呼びに来た。

「ごめんすぐ行くから」

両手いっぱいのシイの実は、今晩のおやつだ。煎《い》って弾《はじ》けると、ほんのり甘くて優しい味だ。姉ちゃんに渡して集合場所の駅前広場まで卓哉と急ぐ。

「姉ちゃん、病気なんか」

「何で」

「めちゃくちゃ顔の色が白いしけ」

「母ちゃんが売ってる、ええ化粧品使ってるからやわ」

「ふぅーん」

「小母ちゃんにも宣伝しといてな」

「言うたるけど絶対買わんだらぁで」

「ナイロンストッキングでもええし」

「よけぇいらんで。スカートなんか一枚も持ってないし」

「じゃあ、口紅は？」

「いらんいらん」

路子は矢継ぎ早《やつぎばや》に母ちゃんが売っている商品を並べたてた。話題が姉ちゃんに戻らない様に必死だった。

その日の帰り、路子たち四年生は、また、保線マンの小父さんたちに会い、トコショットの唄を真似ながら帰って来たが、眉毛の竹中さんはいなかった。保線から、他の部署に変わったそうだ。

「ただ今」

「早かったね」

今日は、姉ちゃんが土間に下りていて、ご飯を炊きながら魚を焼いていた。それにしても大きなシマダイだ。七輪《しちりん》からはみ出している。市場では、高くて手の出ない魚だ。珍しく姉ちゃんが化粧している。この間、母ちゃんにもらった頬紅《ほほべに》も付けているので、元気そうでとても綺麗《きれい》だ。

「誰から？」

シマダイを貰《もら》った人を聞いてみる。

「何で？」

「お礼を言いたいから」

「松枝さんの甥《おい》の正夫さん」

「今、居てはる？」

「お昼の汽車で帰りはった」

「いつも何しに来はるん？」

「さあ？……」

外から帰って来た松枝さんが、路子の疑問に答えた。

「なんか知らんけど、あんたらぁがここに来なってからは、鉄道員は汽車賃がいらんしけって、休みのたんびに魚釣りに来とるだわ。自分は食べんと、釣った魚を皆ここに置いて帰るしけ、猫が寄って来て困っとるだ」

と、最後は姉ちゃんに愚痴《ぐち》った。

「何時《いつ》も頂《いただ》くばかりですみません」

「いやいや、あんたを責めとるんと違うんだけど、見合いをみんな断わって、魚釣りばっかしとるもんで、弟夫婦も困っとりますだ」

責めていないと言いながらも、松枝さんは、このごろなぜか姉ちゃんに冷たい。

「一本ずつ」

その日の晩ご飯は、タイの他にもう一品ごちそうが出た。竹の軸《じく》がついた土産物用《みやげものよう》の竹《ちく》輪《わ》だ。野菜と一緒にカレー粉や塩で味を付けて食べていた竹輪の皮とは大違いで、しこしこしていて甘い。ストッキングがたくさん売れたお祝いだった。

「手伝ってくれる？」

食事の後片付けを終わった姉ちゃんが、赤いセーターを手に、シイの実を食べていた路子の前に座った。路子の突き出した両手に、セーターを解《ほど》きながら毛糸を掛けて行く。父ちゃんのために、姉ちゃんが初めて編んだセーターがどんどん短くなっていく。

「誰のを編むの？」

「誰のにしようかな……」

「路子のにしてね」

「はいはい。約束はしないけど……」

と、鼻歌を歌いながら、セーターを解いていく。今日の姉ちゃんはめちゃくちゃ楽しそうだ。

窓ガラスが、トントンと鳴った。母ちゃんが少し開けた戸の隙間を、白い足の先で広げて、黒猫が入って来た。また、蛙を咥《くわ》えている。獲《と》った獲物《えもの》を見せに来たのだ。母ちゃんは、黒猫の頭をなでながら、蛙を取りあげて、屋根の向こうに放《ほう》りなげた。時々、二階に猫を入れていることは、松枝さんには内緒だった。

「こらーっ」

姉ちゃんが切れた毛糸を繋《つな》いでいる間に、猫が毛糸玉で遊んでいたのだ。

「猫かいや？」

「ネズミでーす」

階段を上がって来た松枝さんにとっさに嘘《うそ》をつく。

「二階でも、ちゃんとネズミ捕《と》りに餌《えさ》をぶら下げといてくんねぇ」

「はーい」

返事は元気だが、もし、ネズミがかかっても、松枝さんのように水に沈めて殺すことなんて路子も姉ちゃんもきっと母ちゃんも出来そうもない。猫は、何もなかったかのように、母ちゃんの膝《ひざ》の上で、無防備に急所を見せて甘えていた。じっくり正面から見る黒猫の顔は、目と目が近く、大きな鼻が前に突き出ていて、なんだか父ちゃんに似ていた。母ちゃ

んは、猫のお腹に付いていた沢山の草の実を全部取り終えると、

「はい、おしまい」

と大きなお腹を叩いて膝から下ろした。


「お宮さんの裏に、まだ柿が残っとったしけ、後で採りに行こな」

「タコがいっぱい獲れたしけ半分やるわ」

下校途中、一言もしゃべらない路子を元気付けようと、皆が次々と路子の喜びそうな話をしてくる。

「ん……」

そのつど返事はするものの、路子は、お姉ちゃんのことが心配で上《うわ》の空《そら》で聞いていた。

真夜中に、戸板に乗せられた姉ちゃんが、船で隣町のお医者さんに運ばれたのが二日前。

半月《はんげつ》が海に落ちた夜だった。

「まあじっき、鎧《よろい》にも雪が降るしけ、路ちゃんのスキー作ったるわ」

黒い雲で覆《おお》われた寒い空を見上げて卓哉が言った。

「太い竹を割って節《ふし》を削《けず》ってから、火で曲《ま》げるだ。焦《こ》がさんやぁに曲げる加減が難しいんや。長靴をはいた足を突っ込むとこは、古いタイヤを打ちつけるだ」

「そんなんで滑《すべ》れるん？　怖くない？」

大雪を見たことのない路子にとって、スキーは楽しみでもあり不安でもあった。

「ロウソクを塗るしけ大丈夫だ。竹でストックも作ってあげるしけ大丈夫だ」

ちょっと元気になった路子から離れて、皆は分校の庭で遊び出した。

急に強い北西の風が吹いた。漁師の恐れるウラニシだ。雲の切れ目から、太い光が射した。イチョウのじゅうたんに座って目をこすっている黒猫の上だ。一瞬、路子は目が眩《くら》んだ。「もしかして……」路子は、激しく打ち出した胸を押さえて、家に向かって走り出した。

「ごめんごめん」

と訳の分からない卓哉が、謝《あやま》りながら猫と一緒に追って来る。

「ただいまー」

脱いだ靴の片方がかまどに当たってはね返った。やっぱり母ちゃんも姉ちゃんも帰って来てはいなかった。

「ご愁傷《しゅうしょう》さまだなぁあ。さっき電話で知らせてきなっただ……。お姉さんは昼過ぎに亡《な》くなったんだと……」

階段の上で泣《な》き崩《くず》れた路子を、松枝さんが抱き締《だ し》める。土間に駆《か》け込んで来た卓哉が、ちらばっていた路子の靴を揃《そろ》えて置くと、黒猫を抱きあげて黙って出て行った。

「困ったら、何時《いつ》でも鎧《よろい》に帰って来たらええだしけ」

駅に見送りに来てくれた松枝さんがマツタケ入りの弁当の包みを母ちゃんに渡し、路子には、ハッカ飴《あめ》の大袋をくれた。車掌《しゃしょう》さんの出発の合図の笛が鳴ると、汽車が一揺れして動き出した。

朝焼けの中、分校の石垣の上で、黒猫を肩に乗せた卓哉が、赤い布の付いた長いタコばかしの竿《さお》を振り回していた。

汽車の窓を一番上まで開け、路子は、体を半分乗り出して、トンネルに入るまで手を振り続けた。

通学時間の上り列車は、駅に停まるたびに高校生を増やして行った。二時間に一本の早朝の列車は、魚の臭《にお》いと若者の臭いが入り混って混んでいた。海が窓から見えなくなると、路子は首から赤いあやとりを外した。路子の一人あやとりの「田んぼ」を、母ちゃんが取って「蛙」にした。

「切符を拝見《はいけん》します」

切符を渡し、車掌さんの顔を見た母ちゃんの目にどんどん涙が溜《た》まって行く。

「あっ、眉毛の……」

車掌さんは、路子の知っている保線マンの竹中さんだった。病気の姉ちゃんに釣った魚を何時《いつ》も届けてくれていた、静子姉ちゃんの大好きだった優しい正夫さんは、眉毛の竹中さんだった。

「悔《くや》しいです」

と、車掌の正夫さんは、胸のポケットから、モノクロの写真を取り出し、母ちゃんの膝《ひざ》の茶色い鞄の上に置いた。化粧した静子姉ちゃんが、黒猫を抱いて微笑《ほほえ》んでいた。

「……フイルムがありますから……」

竹中さんの小さな声が震えている。確認した切符を母ちゃんに返した竹中さんは、制服からはみ出ていたセーターを袖《そで》の中に押し込んだ。静子姉ちゃんの編んでいたあの赤いセーターだ。

竹中さんは、帽子の庇《ひさし》を深く下げたまま、車掌の仕事を続けて行く。

「また、トンネル」

列車は、幾《いく》つものトンネルを越えて行く。長いのも短いのも……。明るい出口を目指して。

想い出は鮮明《せんめい》なまま、路子の瞳《ひとみ》に映る景色は、どんどん鎧《よろい》から遠ざかる。

# 桃色のアマガエル

色とりどりの小高い丘が、幾重《いくえ》にも続いています。るり色の空からふりそそいだ光のシャワーで、丘がいっせいに甘い香りをただよわせ始めました。

この香りは、ここで暮らしているみんなの栄養。そう、ここは、天国なのです。

まっ黄色の丘から、楽しそうな子どもたちの声が聞こえてきます。輪の真ん中で話をしているのは、白いひげのおじいさんです。

「じゃあ、この話の続きは明日にして、タンポポのごちそうを胸いっぱいにすいましょう」

そう言って立ち上がると、両手を上に広げて、大きく息をしました。子どもたちもおしゃべりを止《や》めてまねっこです。

「甘酸っぱ〜い」

一番小さな男の子が、ほっぺを鼻に寄せて口をとがらせました。光のシャワーは、日によって味が変わります。月曜日は、大人の味なのです。

おなかがいっぱいになった子どもたちは、おじいさんの着物を引っ張りました。話の続きのおねだりです。

「河童《かっぱ》さんと友だちになれるの?」

「大きな魚に食べられたりしないよね」

「クモだって血をすうんだよ。カエルくんだいじょうぶかな？　ぼく心配」

「神様に呼ばれているからね。また、あした」

おじいさんは、やさしく一人ひとりの手を着物から放して、指きりをしました。お話の続きを考えてくる約束です。神様の用事なら、あきらめなければなりません。

花時計の針が一番上で重なりました。

「午後は、お花で首飾《くびかざ》りを作ろう」

背の高い女の子が言いました。

「はーい」

子どもたちは元気に返事をすると、小さな手をキラキラさせながら、レンゲ畑の方へと飛んで行きました。天国の子どもたちには、薄い羽根がはえていて、丘を自由に移動できるのです。


おじいさんは、湧き水で体を浄《きよ》め、水鏡でひげを整えると、神様に会いに行きました。

「あなたの丘は、いつも美しく手入れされていて、子どもたちのお気に入りです。ごほうびに一年だけ地上に行かせてあげましょう」

神様からの突然のごほうびに、夢ではないかと、思わずほほをつねってみました。

「痛い」

神様が嘘《うそ》をつくはずはありません。おじいさんの耳がちょっと赤くなりました。はだの色が白いので、心が色になって出ることがあるのです。

「ありがとうございます」

おじいさんは、頭を深く下げました。

天国に来て、もう五年。

「みんなは元気に暮らしているのだろうか?」と、いつも気になっていたおじいさん。地上に行けば、おばあさんや孫の洋介に会えるのです。

「うーん……」

でも、おじいさんは、口を結んでひげを指にからめました。これは、おじいさんが困った時、必ずする癖《くせ》です。地上では、黒も混ざっていたけれど、今は、真っ白のひげの中で、指がもぞもぞと動いています。

地上に行ったと聞いた人で、一年たって天国に戻ってこられた人は、おじいさんのまわりに一人もいません。しかも、地上での姿は、人間ではないという噂《うわさ》もひそかに流れていました。と、言うことは、大きらいなヘビになるかもしれません。トラやライオンになって、動物園のおりの中に入れられるかも……。

何よりも、天国の景色とやさしい人たちが気に入っています。それに、子どもたちに話の続きをする約束をしたばかりです。

「行ってみたい所を決めなさい」

神様は、おじいさんの心の中のなやみに気が付かない振《ふ》りをして返事を急《せ》かしました。

パンパン　パンパン
おじいさんは、両手で顔を叩《たた》きました。やっと心が決まりました。天国に戻れなくても……やっぱり……おばあさんに会いたくなったのです。

「大谷へ行かせてください」

おじいさんは、前に住んでいた村の名前を言いました。

神様は、ゆっくりとうなずき、右手をおじいさんの頭の上に乗せました。

「目と耳をぎゅっとおさえて、息をすべてはきなさい」

その声は、おじいさんが聞いたこともないほど低い声でした。

言われた通りにすると、体がみるみる小さくなっていくのが分かりました。おじいさんは、ビー玉ぐらいの大きさになってしまいました。

「そこまで」

神様の手がのけられると、おじいさんは、耳栓《みみせん》の指をはずしました。

ガーガーガーォ

こまくが破れてしまいそうな大きな音です。おじいさんは、慌《あわ》てて手を耳に当てました。雷《かみなり》が、もこもこ雲の上で寝ています。この音は、雷のいびきだったのです。

神様は、雷のまぶたをひっくり返しました。そこへ、ビー玉ぐらいになったおじいさんを入れたから、さあ、大変。

雷は、泣きながらあばれまわりました。

ゴロゴロゴロー　ゴロゴロゴロー

おじいさんは、耳にしっかりと小指をつめなおし、振《ふ》り落とされてはかなわんと、急いで雷の涙の中へもぐり込みました。

月も星座もあっという間にまっ黒な雲に食べられ、稲光が走りました。雷鳴が後を追いかけるように鳴り出すと大粒の雨が降ってきました。

ドンドン　ゴロゴロ　ザーザーゴゴロー

あ・あ・あ……おじいさんの入った雷の涙が、雨粒《あまつぶ》と一緒にくるくる回りながら落ちて行きました。

プス　ススス……

池の中へ……。

「たすけてー」

大変です。おじいさんは、泳げないのです。

稲光に照らされて、二つの手が水の中へ伸びて来ました。

助けられたおじいさんは、大きなハスの葉に乗せられました。

やっと、おじいさんにも分かりました。落ちてくる途中で、アマガエルの卵になったと。

神様は、子どもたちに話していた、あのカエルの話を聞いていたのでしょうか？　きっとそうにちがいありません。ヘビにならなくて一安心。それにしても小さくなったものです。

でこぼことして、岩のような生き物がレンズの向こうで大きな口を開けて言いました。

「出ておいで」

おじいさんは、ゼリーの割れ目から外をのぞいてみました。そのとたん、ぬるぬるした体は、つるりんと葉の上にすべりおりました。茎が大きく揺《ゆ》れました。

あっちへつるつるこっちへつるつる。

赤ちゃんオタマジャクシは、また池に落ちそうです。

「そいつに口ですいつきな」

教えられた通り、口に力を入れて葉に吸い付くと、やっと揺れが治まりました。助けてくれたのは、大きなガマガエル。

キュルルル
オタマジャクシのお腹が小さく鳴りました。

「これをお食べよ」

ガマガエルが、水に沈みかけていたゼリーを拾って、食べさせてくれました。

池で採れるジュンサイみたいな味でした。

「心配いらない。すぐにカエルになれるさ」

そう言うと、ガマガエルは、どこかへ行ってしまいました。

ゲロゲロゲーロ　ゲーゲーゲロッゲロー
近くでたくさんのカエルたちの鳴き声が、にぎやかに聞こえて来ました。

おじいさんは、少し心細くなりました。このハス池は、山の上にあったことを思い出したからです。ここからは、家のある場所までずいぶんあるのです。

ひげがないので、いい考えが浮かびません。あお向けにひっくりがえって考えました。

いつのまにか雨もやみ、真珠星が出ていました。おばあさんの一番好きな星でした。

「おばあさんに会わせておくれ」

キラッ……真珠星が輝きました。たしかスピカという星です。

キリキリコロコロビーン
林に朝日が差し込んでいます。

ハスの葉の水溜《みずたま》りで寝ていたおじいさんは、鳥の鳴き声で目を覚ましました。

びっくりです。オタマジャクシの体から、もう、小さな足が生えていました。

新緑の小枝から黄色い羽がのぞいています。ここまで無事に来たのに鳥の餌になっては大変です。見つかる前に逃げなくては。

「まずは泳げないと……」

オタマジャクシなら泳げるかも?……。ためしにそろりそろりと尾から水に入って行きました。心配したほど、水は冷たくありません。水の中でも目が開けられました。フーと、息をはくと、ぽっぽっと泡が上に上っていきました。

「これなら大丈夫」

田んぼにいたオタマジャクシは、いつもすいすい泳いでいたから、自分だって泳げるに決まっています。

赤いものが少しずつハスの茎を上がって行きます。アメリカザリガニが、オタマジャクシのおじいさんをねらっているのです。

「にげなくちゃー」

尾びれを思いっきりひらひらさせました。速い速い。どんどん進みます。

「すごいすごい」

追い越したゲンゴロウの親子がほめてくれました。

おじいさんは、子どもみたいに大喜び。だって、初めて泳げるようになったのですから。

ザリガニは、あきらめて、どこかへ行ってしまいました。

やっと池の端の水門に着きました。小川につながっているこの水門は、レンコンの収穫までは閉じてあります。でも、昨日の雨で、横から水がこぼれていました。ここを下りれば、小川まで泳いで行けます。

「やれやれ……あっ……」

オタマジャクシの目がぎゅっとしぼみました。

水門の下は、コンクリートの長いすべり台。たしか十メートルぐらいのはずです。じつは、……おじいさんは、高い所も大の苦手だったのです。

「えいっ」

オタマジャクシは、目をつむったまま頭からすべり出しました。

「あぶない」

すぐ横を石がすごいスピードで落ちて行きました。

オタマジャクシの小さな心臓が、頭から飛び出しそうに波うちました。下に岩があります。

ペチャー
「あれー?」

岩の上に落ちたのにちっとも痛くありません。

「アマガエルくん、そんなに急いでどこへいくんだい」

落ちたところは、岩ではなくて、夕べのガマガエルの背中でした。またも、命を助けられたのです。

「大きなハナミズキの木がある家まで行きます」

「洋介くんのいる家だね」

すぐにガマガエルは答えました。

「知っているんですか」

おじいさんはとても嬉《うれ》しくなりました。天国では、だれも洋介のことは知らなかったからです。

「ああっ、ハス池のカエルはみんな知っているよ。仲間を餌に、ザリガニ釣りの名人なんでね」

おじいさんは、胸がちくちくと痛くなりました。カエルを使ってザリガニを釣ることを教えたのは、実は自分だったからです。

話を変えようと、ゆうべから不思議に思っていたことを聞いてみました。

「ガマガエルさんは、なぜしゃべれるのですか？」

「天国からきたもの同士は、話ができるのだよ」

「それで合点がいきました」

ガマガエルは、天国で出会った人たちのことをなつかしそうに話しましたが、おじいさんの知らない人ばかりでした。というのも、ガマガエルは、おじいさんのおじいさんより昔の人だったから、住んでいる丘がちがったのです。

「神様と約束した一年がもうすぐなんだけど……天国に帰るか、ここに残るか迷っていてね……」

最後は、ゲロゲロとカエル笑いをしながら、指で滑り台をさしました。たくさんの子ガエルが次々にすべって下りてきます。

ガマガエルは、子カエルたちにもみくちゃにされながら目を細めました。

「家族がこんなに増えちゃっては、奥さんだけじゃ大変でね。ここも天国みたいな……」

話がぷっつり切れました。

にこにこしていたガマガエルの目が大きく見開いたまま止まりました。危険がせまっているようです。

しげみから紅いものをちろちろさせながら何かが近づいて来ます。

ガマガエルは背中に乗せていた子ガエルを振《ふ》り下ろして叫びました。

「にげろー」

子ガエルたちは、お母さんが、

「ゲッゲ　ゲロロロ（早くこっちへ逃げるのよ）！」

と叫んでいる藪《やぶ》へ消えました。

ピョーン　ピョーン　ピョーン

ガマガエルは、大きなジャンプを何回も繰《く》り返して、おじいさんや子ガエルたちと反対の茂みに消えました。そこは、ヘビのすぐ近くでした。白い花が何本も大きく揺《ゆ》れ動き、やがて止まりました。

ゲッロロロロロロロ

母ガエルと子ガエルたちの悲しそうな鳴き声がだんだん遠くなっていきました。

おじいさんは、目を閉じて静かに手を合わせました。

いつのまに生えたのでしょう……それは小さな前足でした。

手と足が出たオタマジャクシのおじいさんは、時々水が消えている溝を進みました。なんだかひりひりします。まだ足が短すぎるので、砂利《じゃり》でお腹がすれていたのです。石に付いた苔《こけ》を食べると、少し元気が出てきました。

やっと谷川と合流です。水が多くなったので、泳がなくても流れます。手足を組んであお向けに浮かぶと、傷がおへそのように見えました。

「洋介は、まだへその緒を持ってるかなー」

洋介のことを思い出しながら、新緑のトンネルの下を流れて行きました。

洋介は、桐《きり》の箱に入ったへその緒を母親の使っていた口紅と一緒に宝箱にしまっていました。洋介は、母親の顔を知りません。生まれた日に母親が亡くなったからです。

おじいさんが木から落ちて死んだ時、洋介はやっと五才になったばかりでした。天国に行ったおじいさんは、天国にいる洋介のお母さんをさがしました。でも、まだ会えていません。天国は広すぎるうえに、大人には子どもたちのように羽もなかったからです。

垂《た》れ下がったハンノキの花の下に木苺《きいちご》が青い実をたくさんつけています。この実で作るおばあさんのタルトは、村一番の味なのです。こけの味とは大違い。

キリキリコロコロ

二羽の鳥が水を飲みに下りてきました。

「あぶない、あぶない」

おじいさんは、岩の影に隠れました。もう少しで食べられてしまうところでした。この谷は、昔からカワラヒワがたくさん住んでいるのです。

おじいさんは、長い尾っぽを振《ふ》りながら、ピョンピョン跳《は》ねて進みました。

土手いっぱいにシャガの花が咲きこぼれています。甘い香りがいっぱいです。天国でくらしていたおじいさんの鼻は、香りに敏感になっていました。

葉っぱを乗り継いで農道を横切ると、昔、棚田《たなだ》だった所に出ました。

茎から汁が盛り上がったワラビが見つかりました。折ったばかりのワラビです。

採ったのは、おばあさんにちがいありません。おじいさんは、少し高いところに登ってみました。でも、誰もいません。おじいさんは、眠ってしまいました。

たった一日で卵からカエルになったので疲れていたのです。あの大きかった尾っぽは、体に吸い込まれたのか、すっかり消えています。

「あれ？　あわてんぼのアマガエルみっけ！」

男の子が、おじいさんアマガエルを見つけたのです。他のアマガエルたちはまだまだ冬眠中。たしかにこの季節にはめずらしいのです。

目が覚めたおじいさんはびっくり。ウツギの新芽の上にいたはずが、自転車のハンドルの上に変わっていたからです。だんだん風が強くなりました。下り坂になったのです。おじいさんは、ふきとばされないように吸盤《きゅうばん》に力を入れました。

リンリンリ・リ・ン・リンリン

「この音は?……わしの自転車だ」

なつかしさのあまり、片手を放して落ちそうになりました。

キキキー

急ブレーキがかかりました。

「あれー、このカエル逃げないや」

少し鼻にかかった孫の洋介の声でした。

身長がずいぶん伸びてペダルにも足が届いています。歯が大人の歯に生え変わっていました。

おじいさんは、洋介につかまえられて、前篭《まえかご》の袋の中へ入れられました。中は、ワラビでいっぱいです。おじいさんは、安心して目を閉じました。おばあさんにもうじき会えるのです。

自転車が止まると、おじいさんは、洋介の両手の中にとじこめられました。洋介の大きな目がのぞきました。長いまつげをぱたぱたさせてお腹の傷を見ています。

「あっ、けがをしてる」

洋介は、おじいさんをハナミズキの花びらにそっと下ろしました。

「なーんや。黄緑のまんまや」

洋介は、アマガエルの色が変わる保護色のことを知っているようでした。ハナミズキの赤色になるとでも思ったのでしょう。アマガエルになったばかりのおじいさん。すぐには変身できません。

木から下りたおじいさんは、何か変だと思いました。庭一面、草が茂っているのです。花の大好きなおばあさんは、毎朝草抜きを欠かしたことがなかったからです。

(おばあさんは、どうしたんじゃろ?)

アマガエルのおじいさんは、縁側《えんがわ》の窓ガラスに張り付きました。

仏壇《ぶつだん》の横の写真は、おじいさんと、洋介のお母さんの二人だけでした。まずは、一安心。おばあさんはまだ生きています。

おじいさんは、台所に移動しました。洋介が、ワラビを湯がきながらゴマをすっていました。

おじいさんは、料理ができるようになっている洋介に驚《おどろ》きました。まだ、この春、四年生になったばかりです。

暗くなっても、おばあさんは帰って来ません。

洋介は、カレーを食べながら、ナイター中継を観ています。おじいさんもついつい夢中になって応援《おうえん》していました。知らない選手が増えていました。

キー！　車の止まる音がしました。会社から洋介のお父さんが帰って来たようです。

「洋介」

お父さんが呼んでいます。

「面会時間は、大丈夫？」

鍵を閉めながら洋介が聞いています。

バターン！

洋介が車に乗り込んでドアを閉めました。おじいさんは、素早く後ろのナンバープレートに張り付きました。車の行き先が気になったのです。

洋介とお父さんとおじいさんの乗った車は、猛スピードで走り出しました。おじいさんは、風を避けながら、ひっしでしがみつきました。ここで振《ふ》り落とされたら大変。カエルの姿で天国に戻ることになるからです。

そうなれば、天国で、おばあさんと花作りするという夢が消えてしまいます。

車の着いた所は、隣町の病院でした。

おじいさんは、ふらつきながら二人の後をつけました。

洋介たちが東館のエレベーターに乗るのが見えました。ランプが五階で止まりました。

おじいさんは、東館の窓ガラスを吸盤《きゅうばん》を使って登って行きました。途中、赤ちゃんを産むためにがんばっているお母さんと目が合いました。

ゲロゲロ　ゲロゲロ
「がんばれ　がんばれ」

と言ったおじいさんの声は、すっかり親ガエルの鳴き声になっていました。

下を見ると、車が小さく見えました。目が回りそう……です。

「大丈夫……大丈夫……大丈夫」

と何度も自分に言いました。

ガラスに当たった虫をパクリ。大きな口は、体よりもでっかいカゲロウをつかまえて一のみにしました。もうどこから見ても立派なアマガエルです。

五階に着いたおじいさんは、洋介たちのいる部屋をさがしました。

「いたいた」

おばあさんは、腕《うで》にチューブをぶらさげてベッドに座っていました。

「ぼくが採ってきたんだよ」

ようすけがワラビのごまあえをおばあさんの口へもっていきました。

「おじいちゃんも好きだったね」

おばあさんが小さくうなずくのが見えました。

おばあさんの指が窓の外のアマガエルになったおじいさんを指しました。

「あっ、さっきのカエル」

洋介には、ガラスにひっつけていたおなかのけがで分かったようです。

洋介は、大発見した科学者のような顔で、窓に近づいて来ると、カエルが落ちないように少しずつ窓を開けました。

おじいさんは、洋介の頭をふみ台にして、ベッドの横のカーテンにぶらさがりました。

寝ていたおばあさんの白い手が伸びてきました。

ピョン　ヒョッ　ピョーン
おじいさんは、大好きなおばあさんの手のひらに下りました。

おばあさんは、手に乗ったアマガエルにささやきました。

「まだ寒いのに……土から出て来た……あわてんぼ……のおじいさん」

春、草の根っ子と一緒に出て来たカエルを穴に戻すときのおばあさんの口ぐせでした。

だけど、おばあさんは、「おばかさん」と言わずに「おじいさん」と言ったのでした。

おばあさんのほっぺがちょっと色づきました。

「しか……られるかしら？」

と、洋介のお父さんに聞きました。実は、病室に生き物は禁止なのです。

「病人が元気になって家にカエル……だからだれにもしかられないよ」

洋介のお父さんは、あごをこすりながら、指で涙を拭《ふ》きました。

「そうなると……うれしいけど……」

おばあさんは、手にアマガエルを乗せたまま眠ってしまいました。

「おばあちゃん、笑ってるね」

「夢でおじいちゃんと会ってるのかもしれんな」

おじいさんには、おばあさんの見ている夢が見えました。だんだんアマガエルの体が、うす桃色に変わっていきました。二人は、桜吹雪の下を手をつないで駆けているのです。

「さようなら、あした、また来るからね」

洋介の小さな声が消えると、部屋が暗くなりました。今夜も真珠星がよく見えています。

神木太鼓
しんぼくだいこ

美川村

※　※　※

美川村《みかわむら》の上にレンズ雲が停《と》まりました。それは、しめ縄《なわ》を付《つ》けたケヤキの真上《まうえ》でした。

「いつから神木《しんぼく》になったかは、覚えていないのじゃ」

だれに尋《たず》ねられても、ケヤキの答えは同じでした。村が出来るよりもずっと前からここに立ち、毎年たくさんの葉を茂《しげ》らせては落とすの繰《く》り返《かえ》しだったのです。

ミーンミンミンミン　ミーンミンミンミン

サクサク……サクサク……と、ケヤキの下草を刈《か》っているおばあさんの手が時どき止《と》まります。

「成仏《じょうぶつ》しねぇや」

一生《いっしょう》を終《お》えたセミを見つけては、抜《ぬ》け出た穴《あな》に戻《もど》していきます。

大岩《おおいわ》に腰《こし》を下《お》ろして一服《いっぷく》です。ここからだとおばあさん自慢《じまん》のわさび田がよく見えます。

ケヤキの木陰《こかげ》は、暑い夏でも湧《わ》き水の温度が一定《いってい》で上等《じょうとう》のわさびが取れるのです。

「でっかー」

二年生の佳範《よしのり》くんです。上《あ》げた両手からしずくがぽたぽた落ちています。

「ほー、りっぱなわさびだ。神さんも喜《よろこ》びなるでぇ」

今日のわさびは、神社《じんじゃ》へのお供《そな》え物です。おばあさんにほめられた佳範くんは大喜びです。だって、わさびの太さは抜いてみないと分からないのに、おばあさんの指《ゆび》三本分もあるでっかいわさびを選《えら》べたのです。

トン　トン　トン

トトトン　トトトン　トンツクトン

川向《かわむ》かいのお宮さんで、祭《まつり》ばやしの音が聞こえて来ました。おばあさんは、そわそわしている佳範くんに言いました。

「今日は帰《かえ》ってええで」

お手伝《てつだ》いの途中《とちゅう》で開放《かいほう》されるなんてめったにないことです。

「やったー」

佳範くんは残《のこ》っていたお茶を全部《ぜんぶ》おばあさんの水筒《すいとう》に移《うつ》し変《か》えると、わさびを入れた籠《かご》を脇《わき》に抱《かか》え、右手で水筒を振《ふ》り回しながら帰って行きました。

この日は、美川村最後《みかわむらさいご》の村祭り。村にダムができるので、神社も村人と一緒《いっしょ》に引《ひ》っ越《こ》すのです。

村人のダム建設反対《けんせつはんたい》の声は、「大洪水《だいこうずい》の危険《きけん》が」「渇水対策《かっすいたいさく》を今のうちに」の大義名分《たいぎめいぶん》でだんだんと消《き》え、村が湖《みずうみ》に沈《しず》むことが決《き》まったのです。

おばあさんは、木洩《こも》れ日《び》に目をしょぼつかせながら、小さくなったレンズ雲を睨《にら》みました。

こんな日に嵐《あらし》を呼《よ》ぶ雲なんてまっぴらなのです。

※　※　※

ガリガリ　ガリガリ
しめ縄を足場《あしば》にしてリスが走り回っています。ケヤキに頼《たの》まれて、かゆいところを掻《か》いているのです。

「いよいよこの木ともお別《わか》れだね」

「今度《こんど》の日曜日に切られるんだってさ」

リスのこそこそ話が続《つづ》きます。ケヤキは、ダムができれば村といっしょに湖に沈む覚悟《かくご》をしたばかりでした。

「何《なん》て人間は自分勝手《じぶんかって》なんじゃ」

納得《なっとく》できないケヤキの怒《いか》りがこぶになりました。おまけにしめ縄辺《あた》りがかゆくてかゆくてたまらないのです。

「もっと強く。もっと右右」

ケヤキの声がだんだん大きくなっていきます。

「それは左じゃ。全《まった》く、リスのくせにかゆいところもわからんのかー」

ついにケヤキは、声を荒《あら》げてしまいました。

「それじゃあ自分で掻《か》けばいいだろ！」

リスたちは、怒《おこ》ってどこかに行ってしまいました。

※　※　※

ゲエーィ　ゲエーイ　ゲエーィ　ゲエーイ
朝早くから、青と灰色《はいいろ》の美しい長い尾《お》がケヤキの枝《えだ》を縫《ぬ》うように飛《と》びまわっています。
この木をねぐらにしている鳥のオナガが、ケヤキとの別れをおしんでいるのです。
サクサクサク
落《お》ち葉《ば》をふんで、まず佳範《よしのり》くんとおばあさんがやって来ました。
「太鼓《たいこ》になるのはあの辺りだらぁで」
おばあさんが指をさしたのは、しめ縄の少し上の直径《ちょけい》一メートル数十センチの幹《みき》でした。

太くて真《ま》っすぐな幹は枝もこぶもありません。おばあさんは持《も》って来たごへい（白い和《わ》紙《し》）をたるんだしめ縄に挟《はさ》みながら、

「日本一の太鼓になってくんねぇや」

と話しかけました。佳範くんは、幹を太鼓に見立てて叩《たた》いています。

「太鼓名人《たいこめいじん》になれますように」

佳範くんの元気な声が幹を伝《つた》って空に抜けていきました。

二人は、落ち葉をかき集《あつ》めて土手《どて》の下に落としていきました。

「これぐらいで大丈夫《だいじょうぶ》だらぁで」

切り倒《たお》された神木が痛《いた》くないようにと、落ち葉のマットを作っていたのです。

昼過《ひるす》ぎ、斧《おの》を担《かつ》いだ村の人たちが、ケヤキの神木の下に集まって来ました。白い衣装《いしょう》の神主《かんぬし》さんもいっしょです。おばあさんが、ケヤキの前に塩を三角に盛《も》り、酒《さけ》と米と柿《かき》を供えました。神木の魂《たましい》を抜く儀式《ぎしき》の始《はじ》まりです。神主さんは、魂を入れるための木箱《きばこ》のふたを開《あ》けました。そして、

「美川村《みかわむら》の神木として……永《なが》きにわたり……」

と、長い祝詞《のりと》で神木の怒《いか》りを鎮《しず》め、最後に、

「うぉ――」

とうなって、素早《すばや》く木箱のふたを閉《し》めました。神木の魂を閉《と》じ込《こ》めたのです。

「ばあちゃん、何《なに》か見えた？」

「あはーたれ！」

おばあさんは、佳範《よしのり》くんの手を強く叩きました。神主さんは、そんな二人の頭にも榊《さかき》を振って水を掛《か》けました。災《わざわ》いが起《お》こらないようにする大切《たいせつ》な儀式なのです。

「神さんを目ー開《あ》けて見とったで、もう一っぺん水をかけてもらいねぇ」

おばあさんの顔は本気《ほんき》です。佳範くんは、一歩前に出て頭を下《さ》げました。

「神木にチェンソーみてぇなもん使《つか》ったら罰《ばち》が当《あ》たるだ」

「神木は倒すって言わんと寝《ね》かせるって言うだぁ」

年寄《としより》たちは、遠巻《とおま》きに神木を見上げていました。

木を切る作業《さぎょう》が始まりました。初《はじ》めに谷川側《がわ》から斧が打《う》ち込まれました。方向《ほうこう》は、あの落ち葉のマット側《がわ》です。反対側《はんたいがわ》からも二本の斧が打ち込まれました。

「さすがにケヤキの神木だ。こんなに硬《かた》い木は初めてだ」

木を切る仕事《しごと》をしているおじさんが言いました。

「本当に申《もう》し訳《わけ》ないことだ……」

佳範くんのおばあさんが手を合わせると、他《ほか》の年寄たちも続きました。

ケヤキは、村人たちの話を聞きながら、必死《ひっし》に耐《た》えていました。魂だって痛いのです。でも、最後は、神木として恥《は》じないよう、凛《りん》としてその時を迎《むか》えようと決めていました。

コーン　コーン　コーン

静《しず》かな谷に斧の音だけが響《ひび》きました。

ザザザザー　バリバリバリッ！

ドッ　ドッ　シーン！

ついに神木だったケヤキが切り倒されました。

美川の谷は、しばらく音を失《うしな》いました。

ケヤキは、おばあさんのひざの高《たか》さで切られていました。佳範《よしのり》くんは、指でさわりながら年輪《ねんりん》を調《しら》べています。

「えー、今度は四百六十一かぁ」

何回数《かぞ》えても数《かず》が全然違《ぜんぜんちが》います。

「神木の年は分からん方がええ」

年輪の数は、おばあさんにもはっきりと分かりませんでした。

おばあさんは、切《き》り株《かぶ》の前に白い紙を敷《し》いて、洗《あら》い米《ごめ》を乗《の》せました。その横《よこ》で、佳範く

んのグーの手が開《ひら》きました。おやつにもらった飴《あめ》を供えたのです。その手におばあさんは、
持ってきた新《あたら》しいお酒のビンを渡《わた》しました。

「今日は特別《とくべつ》だで、年輪にもあげねぇ」

佳範くんはふたを外《はず》して鼻《はな》に近《ちか》づけました。

「うぇー、くっせぇー」

切り株を伝ったお酒で靴《くつ》がぬれました。

「匂《にお》いを横取《よこど》りしたしけ、罰《ばち》が当たっただ」

佳範くんは恐《こわ》くなって辺りを見回《みまわ》しました。切り出すときにえぐられた土手から、太い
根《ね》が何本もむき出しになっていました。

「根っこにもあげていい?」

ビンには、まだ半分残っています。

「たっぷりあげて、しっかり拝《おが》んどきねぇ」

「あっ、たんこぶ!」

一番太い根にどら焼《や》きほどのこぶが一つできていました。土を払《はら》うと、こぶの所《ところ》だけ赤
くなっています。そこへ全部、残りのお神酒《みき》をかけました。

『うまい』

こぶは、思わず、人間に向かって声を出してしまいました。

「わぁー、こぶがしゃべったー」

佳範《よしのり》くんは、空《から》ビンを藪《やぶ》に投《な》げ出しておばあさんのいる所までかけ上がりました。

ゲェ――ィ　ゲェ――ィ……

藪から飛立《とびたっ》ったオナガが、鳴《な》きながら飛行機雲《ひこうきぐも》の伸《の》びている森へと消えてゆきました。

※　※　※

雪が解《と》けると、村を水仙《すいせん》の香《かお》りがすっぽりと包《つつ》みました。この水仙郷《すいせんきょう》も、ダムが完成《かんせい》すれば湖の底《そこ》に沈むのです。花にも村の終わりが分かっているのでしょうか……いつもの何《なん》倍《ばい》も多くの花を咲《さ》かせました。この辺り一帯《いったい》の水仙は、おばあさんが、去年死《きょねんし》んだおじいさんと、長年《ながねん》増《ふ》やし続けたもので、『美川村《みかわむら》の水仙郷』としてテレビでも紹介《しょうかい》されたほどでした。

「ばあちゃん、今度の家にも持って行こうね」

佳範くんは、移植《いしょく》ごてを家の前の土手に深《ふか》く差《さ》し込んで、球根《きゅうこん》を掘《ほ》り始めました。

「あーあ、又《また》切っちゃった」

神木太鼓

傷《きず》のある失敗作《しっぱいさく》がごろごろ増えていきます。

「三つぐらいでええ」

おばあさんは、球根を古《ふる》い鉢《はち》に植《う》え、縁側《えんがわ》の引越《ひっこ》し荷物《にもつ》の横へ置《お》きました。村で最後の引越《ひっこ》しです。

おばあさんは、水仙のろうけつ染《ぞ》めの浴衣《ゆかた》を一番上に置き、柳《やなぎ》ごうりに紐《ひも》を掛けました。

「もったいないな」

「ほんまに……もったいねぇーなあ」

今は天国にいる佳範くんのお母さんやおじいさんの思い出の家が、午後には壊《こわ》されるのです。家は、まだ、壁《かべ》も屋根《やね》もどこも悪《わる》くなっていませんでした。木の建物《たてもの》は湖を汚《よご》すというので、残っているのは、どの家も石垣《いしがき》だけでした。

ダンダン　ブールルル
軽《けい》トラックが止まりました。町で働《はたら》いているお父さんです。おばあさんの荷物は仏壇《ぶつだん》と柳ごうりがたった一つだけでした。

「すまんなぁ。こんなに荷物減《へ》らさせて」

「気《き》ー使わんでええ。片《かた》づけやすなったで喜んどるだぁ」

今度の家はマンションなので部屋《へや》が少ないのです。

村の景色《けしき》の見納《みおさ》めです。三人は、村の風を胸《むね》いっぱいに吸《す》い込みました。佳範《よしのり》くんは、おばあさんが泣《な》いていないかと振り向きました。おばあさんは、ただ、青空を見上げているだけでした。

「大人は、本当に悲《かな》しい時は涙《なみだ》を見せないんや」

そう言うお父さんの手が、佳範くんの肩《かた》で石の様《よう》に硬くなりました。

※　※　※

神社も人も動物さえもいない美川村《みかわむら》を六月の長雨《ながあめ》が叩きつけています。

ピチャピッチャ

「何て情《なさ》けないリズムなんじゃ」

切り株になってからも、ケヤキは生《い》きていました。ぼやきも健在《けんざい》です。

ビチャビチャビチャ

「水じゃあなくて、たまには酒でも降《ふ》らしてみたらどうじゃ」

今日のぼやき相手《あいて》は雨・雨・雨。苔《こけ》で茶色《ちゃいろ》くなったこぶの上を、カタツムリがのたりのたりと上っていきます。

「遅《おそ》い。なんて遅い足じゃ。しかも鼻汁《はなじる》のようなてかった筋《すじ》をつけるとは、けしからん」

カタツムリは、聞こえなかったふりをしてこぶを乗り越えました。雨粒《あまつぶ》が大きくなり、切り口の苔がふくれて浮《う》き上がってきました。

「いつまで居座《いすわ》っているのじゃ。さっさと何処《どこ》かに消えぬか」

「これは気がつかないことで」

恐縮《きょうしゅく》した苔は、つるりと剥《は》げ落ちました。

雨は、夜になってさらに激《はげ》しさを増《ま》していきました。

ゴロゴロ　ドドドドーン　ドーン
地響《じひび》きとともに黒牛《くろうし》のような岩が、切り株に体当《たいあ》たりしました。

「うっ　ううっ」

切り株は踏《ふ》ん張《ば》りました。

「抜かれて……なる……ものかっ」

土手も動《うご》いていきます。

「ここの湖に……沈むのじゃっ」

ズルー　ズルー　ズルズルー
大きな岩が、椎《しい》の木の根と一緒に、ケヤキの根を引っこ抜きました。

ザッブォーン！

哀《あわ》れにも切り株は、土砂《どしゃ》もろとも滝《たき》つぼに落とされてしまいました。それもつかの間《ま》、滝つぼからも放《ほう》り出され、大河《たいが》のようになった谷川の濁流《だくりゅう》へと放り込まれたのです。

稲光《いなびかり》のたびに、行《ゆ》く手の闇《やみ》に工事《こうじ》途中のダムが映《うつ》し出されました。

「いやじゃ――」

※　※　※

切り株は、黒い雲と暗《くら》い海の境目《さかいめ》にある白い空をぼんやりと見ていました。海に来てどれくらい経《た》ったのか、どこから来たのかも分からなくなっていました。

雲の底から垂《た》れ下がったゾウの鼻のようなものが、稲光と一緒に切り株の方に近づいて来ました。恐《おそ》ろしい海の竜巻《たつまき》です。

「助《たす》けてくれー……」

切り株は、渦《うず》に巻き込まれながら、とぎれとぎれに思い出してきました。滝つぼから放り出されたこと……川底《かわぞこ》で小石と一緒にでんぐり返《がえ》しをして目が回ったこと……岸壁《がんぺき》にぶつかって三本も根が折《お》れたことを。

逆立《さかだ》ちになったケヤキを大粒《おおつぶ》の雨が激しく叩きました。ケヤキは次々《つぎつぎ》と思い出しました。自分は、水仙郷と呼ばれていた美しい村の神木だったこと……急《きゅう》に雨が降り出すと慌《あわ》てて帰ってきたオナガのこと……谷にかかった虹《にじ》のことを。

暑い日ざしが戻って来ました。

「流木《りゅうぼく》さん、下で休ませてもらってもいいかな?」

魚のボラが寄《よ》って来ました。

「私は流木ではない。ケヤキの切り株だ」

切り株は少しむっとして抗議《こうぎ》しました。

根っこだけになったとはいえ、神木だった自分が流木あつかいされたことがしゃくにさわりました。そんな切り株の気持《きも》ちをボラは無視《むし》して聞きました。

「昨日《きのう》から、ずっと迷子《まいご》の孫《まご》を探《さが》しているんだが見かけなかったかな?」

ボラは、ずいぶん疲《つか》れているようです。鱗《うろこ》もところどころはげています。ときどき見せるジャンプの高さも体《からだ》の半分にも足《た》りません。

「こんな広い海で迷子探しとは無《む》ぼうにも程《ほど》がある。少し休んでいけばいい」

切り株は少し気の毒《どく》になって言いました。ボラは、ケヤキの下でしばらく昼寝《ひるね》をしました。

「ありがとう。ここは涼《すず》しいので助かったよ。流木さん」

元気になったボラが話しかけてきました。

「私はケヤキの切り株だ。何度《なんど》言えば分かるのだ。さてはケヤキを知《し》らないな？」

「知らない。けど、流木になったら、どんな大木だって最後は海の泡《あわ》か煙《けむり》になる運命《うんめい》さ」

「泡？　煙だとぉ？」

切り株のあたまが混乱《こんらん》してきました。

「岩にぶつかってだんだん小さくなって消えることだ。運良《うんよ》く浜《はま》に上がったとしても、ゴミといっしょに燃《も》やされるのがおちだ」

と、ボラは自信《じしん》たっぷりです。

「私はケヤキの神木なんじゃ！　この切り株から上は、日本一の太鼓になるのじゃ！」

切り株は、あまりの悔《くや》しさに声が裏返《うらがえ》っていることに気がつきません。

ボラも負《ま》けずに高い声で言い返しました。

「太鼓は嫌《きら》いじゃ。あの音は体に悪い」

「若僧《わかぞう》が分かったような口を利《き》くなっ」

と切り株。

「若僧とな？　この辺りの海では長老《ちょうろう》として名の通《とお》っているわしを若僧とは、驚《おどろ》いた」

ボラは今迄《いままで》で一番高いジャンプをして見せました。若く見られたことが嬉《うれ》しかったのです。

「太鼓になったということは、硬い木ということだ。それなら、なかなか小さくならん。あんたは流木の中でも、長生《ながい》きの血筋《ちすじ》と言える。めでたいめでたい」

と、今度はボラがほめました。

「少しもめでたくはない。海を漂《ただよ》うだけの長生きなんか……美川村《みかわむら》で湖に沈むはずだったのじゃ」

ボラに言ってもしかたのないことでした。

ゲェーィ　ゲェーィ　ゲェーィ
すみれ色の空から、ボラと入れ替《か》わりに二羽《にわ》の鳥が下りて来ました。

「やっと……見つけた」

舞《ま》い下りて来たのは、ケヤキに住《す》んでいたあのオナガの夫婦《ふうふ》です。

「洪水で、流《なが》されたと聞いて、ずいぶん探したよ」

「一年ぶりじゃー」

切り株は、夢《ゆめ》ではないかと思いました。ここは、陸《りく》からずいぶん離《はな》れています。

「カモメに潮《しお》の流れを教《おし》えてもらったの」

「でも、海は広すぎて探すのをあきらめかけていたところ」

「カモメの話だと、この辺りの浮遊物《ふゆうぶつ》はいずれ向こうに見える牛島に流れ着《つ》くそうだ」

オナガの指《さ》した羽《はね》の先《さき》に、小さな島がぼんやりと見えています。

「やはり村には……戻れないのか……。燃やされて煙になれば空から村が見えるだろうか」

切り株の心はみるみるすぼんでしまいました。

バチャバチャバチャ　バチャッ
弱気《よわき》になっている切り株に、オナガが水を掛けて言いました。

「牛島には、村の子どもたちもよく来るから、そのうち佳範《よしのり》くんにも逢《あ》えるよ」

ケヤキの切り株に、忘れていた最後の記憶《きおく》が戻りました。切り倒された日のこと。やさしかった佳範くんとおばあさんのこと。こぶにお神酒《みき》をかけられ、命《いのち》が吹《ふ》き返した日のことなどを。

「逢いたい！　逢いたい！」

切り株が揺《ゆ》れると、二つのこぶの隙間《すきま》から雨水《あまみず》があふれ出しました。まるでそれは、子どもが泣いているかのように見えました。美川村《みかわむら》に帰れないなら、せめて佳範《よしのり》くんに一目だけでも逢いたかったのです。

「大丈夫。来年の夏までには牛島に着くよ」

「冬の嵐で外海《そとうみ》に流されることがないよう祈《いの》っているわ」

と、オナガたちはケヤキを励《はげ》ましました。そして水を飲《の》み終えると、夕焼《ゆうやけ》けの空に小さく消えて行きました。

※　※　※

カキやカメノテの貝がぎっしりと付き、ふれるだけでも痛い岩はだに切り株が乗っかっています。長い根っこを岩の割《わ》れ目にねじ込んで、外国へも流されるという冬の嵐を乗り切ったのです。

風が変わり、ようやく春がめぐって来ました。切り株には、水の輪のような年輪がはっきりと浮き上がっていました。岩や貝でけずられ、硬い芯《しん》だけが残ったのです。

二匹《にひき》のカニが岩に上がってきました。

「どうしたの？」

「根っこが抜けなくて困《こま》っているのじゃ」

「じゃあ、ぼくたちが切ってあげるよ」

さっそく二匹はたくさんの仲間を連《つ》れてきました。でも、カニのハサミでケヤキの根を切るのは、とてもとても大変でした。切り始めは細かった月が、ついに満月《まんげつ》になってしまいました。

カニたちは岩の上でハサミを振ってダンスを始めました。切り株に乗ったカニのハサミはまるでオーケストラの指揮者《しきしゃ》のようです。渦潮《うずしお》のようにカニたちが同じ方向に走り出しました。ぼろぼろのハサミが満月の光を受けて元《もと》の形に戻っていきます。

「ヤッター」

カニたちの声で大きな波《なみ》が岩を洗い、そのひょうしに根っこが切れました。

「ありがとうー」

根っこと切り株は、ゆっくりと岩から離れて行きました。

※　※　※

「やれやれ後少しだ」
あちこちに貝や海草《かいそう》をはりつけたケヤキの切り株は、もう、どこから見ても立派《りっぱ》な流木です。傍《そば》で浮かんでいる小さくなった根っこの流木でさえフジツボを乗せていました。
ザッブブーン　ザッブブーン
切り株は、岩がごろごろとした小さな砂浜《すなはま》に、海草やペットボトルや根っこといっしょに打ち上げられました。やっと牛島にたどり着いたのです。

「あっ、この音じゃ！」

美川村《みかわむら》のわさび田に流れ込む湧き水と同じ優《やさ》しい音でした。

「あれは椎《しい》の木の葉がこすれる音じゃ」

なつかしい森と水の音に、切り株は興奮《こうふん》してしゃべり続けました。

「もう海はこりごりじゃ」

「泡にならずに助かった」

「ここなら夏がくるまで寝てても大丈夫じゃ」

砂浜の他の流木たちは黙《だま》ったままでした。冷《ひ》えた夜空《よぞら》を流れ星がいくつも海に落ちて行きました。

※　※　※

牛島に美川村の子どもたちがキャンプに来ています。切り株は半分砂に埋《う》もれて目が見えなくなっていましたが声で分かっていました。

「あっ、あれがいい」

佳範《よしのり》くんが波打《なみう》ち際《ぎわ》で浮かんでいた流木を拾《ひろ》い上げました。カニの切っていたあの根っこです。スイカ割りの棒が決まりました。スイカはなかなか割れません。目隠《めかく》しをした佳範くんが流木を振り上げました。

「右・右・後ろ、ちょっと右」

「エイ！」

見事《みごと》にスイカは真《ま》っ二つ。

「これ、ばあちゃんの土産《みやげ》にしよう」

流木は杖にちょうどの長さでした。

太陽《たいよう》が海に沈むと、キャンプファイヤーが始まりました。佳範《よしのり》くんは、砂に半分埋もれたケヤキの流木に腰掛《こしか》け、土産の杖《つえ》を横に立てかけました。

ザーザーザーザ──ザザザーザーザーザ──

波の音が子どもたちの歌声に合わせて砂をかけあがります。こぶの上で砂だらけの足がリズムをとっています。

『この距離《きょり》なら杖に移れる』切り株は最後の力を振り絞《しぼ》って叫《さけ》びました。

『ウオ────ッ』

切り株からこぶが消え、佳範くんのサンダルが脱げました。

神木太鼓

「あれっ」

※　※　※

美川村《みかわむら》のダムに、水がやっと満《まん》タンになりました。湖面《こめん》をオナガの夫婦と子どもたちが鳴きながら横切《よこぎ》って行きました。美川村に帰っていたのです。

ドーン　ドーン

第一回、筏《いかだ》カーニバルが始まりました。大太鼓《おおだいこ》を乗せた筏の登場《とうじょう》です。乗っているのは、美川村に住んでいた子どもたち。そしてバチを握《にぎ》っているのは、中学生になった佳範くん。

あの音は、……もちろんケヤキの神木で作った大太鼓です。

水仙の浴衣《ゆかた》を着て杖を持っているのは、佳範くんのおばあさん。お父さんも来ています。

おばあさんの杖が地面《じめん》を叩いて太鼓に話しかけました。

『立派な太鼓だ』

あの神木の根っこです。握る所に証《あかし》のこぶができています。

ドン　ドーン　ドドン　ドドン

筏が近づいてきました。

『ウオ―――ッ』
杖からこぶが消えました。
青空を映していた湖面にさざ波が踊《おど》るように立ち、筏が揺れました。
ドードドドーン　ドードドドーン　ドードドドーン
「日本一だわいや」
魂の入った太鼓は、一段と大きく、そして澄《す》んだ音色《ねいろ》を響かせました。
おばあさんの涙が衿《えり》を濡《ぬ》らしていきました。

# 蚕の涙

今日から、短縮授業が始まっていた。琴音が学校から帰ると、机の上に白い紙が置かれていた。白いぷつぷつとした何かの卵のようである。去年育てたアゲハの卵より小さかった。それよりも数の多さに驚いた。裏戸口から、木の枝を持った順子が汗を拭《ふ》きながら現れた。

「順ママ、これ何」

「お蚕さんの卵さ。田舎の友だちが送って来てくれたんよ」

お婆さんである順子は、子どもは、自然にふれて育つのが一番だと信じている。この辺りは、新しい住宅地だが、春に桑の木を河原で見つけたときから考えていたのだ。

「お蚕さんも、アゲハと同じで、食べる葉がきまっているから、卵から孵《かえ》ったらこの桑の葉で育てるんやで」

頷《うなず》きながら琴音は、葉っぱを手触りで確かめた後、噛《か》んでみた。虫や鳥たちの好きなものは、味見するくせがついていた。舌で憶えておけば、間違うことがほとんどなかった。

順ママに教えられた通り、木の枝から葉っぱをちぎると、ビニール袋に入れ冷蔵庫にしまった。

「琴ちゃんがお蚕さんのママになって育てるんだよ」

と、順子に言われると、琴音は、両腕をウルトラマンのように曲げ、仲良しの一樹を呼びに外に駆け出して行った。

琴音の両親は、共働きで忙しかったので、小学校にあがってからは、祖母の順子にまかせきりだった。

三日すると、三ミリほどの黒い毛虫が卵から出て来た。ムシャムシャ殻を食べている。アゲハの時と一緒だと琴音は思った。順ママの刻んだ桑の葉を黒くて小さな毛虫の大群は、一心不乱に食べ出した。一瞬《いっしゅん》、琴音の腕に鳥肌が立った。毛虫にさされたあの痛痒さを思い出したのだ。四日すると黒かった毛蚕が脱皮して、牛乳のように白くなった。六年の雄太が一樹と一緒に蚕を見にやってきた。一樹がカレンダーを見て不思議そうに聞いた。

「琴ちゃん、これ何」

「お蚕さんのウンチ」

琴音は、セロテープで毎日糞を少しずつ貼り付けていた。順ママから、「ぐじゅぐじゅウンチをしたら、繭を作る」ことを聞いて、学校で習った「うんちは、健康のバロメーター」を思い出したからだった。

「引越しのお手伝いしてね」

琴音は、二人の友達にカラスの羽を渡すと、新聞の取り替え方を教えた。お蚕さんを傷つけないようにしながら苺パックへ移し糞の掃除をした。

夏休みが始まると、桑の葉を取りに三人で自転車で出かけた。虫好きな雄太を先頭に三年の二人は、ひっしでペダルを踏んだ。

「黒い桑の実食べられるんだって」

琴音は、まだ食べたことの無い高い所の実を見上げて言った。

「まかしておけって」

一樹がするすると木に登ると実のなっている細い枝を折って落とした。一樹は、クラスで一番上り棒が上手で、雲ていも二段とばしができる。雄太は、サッカーは上手いが、木登りは、苦手らしい。桑の実は、ブドウのミニ版で甘かった。赤紫に染まったベロを見せ合いながら、ここを三人の秘密基地に決定した。お蚕は、みんな元気に育っていた。新しい葉を置くと、我も我もと上に上がってきたので、掃除が楽になった。大きくなると手にはわせて遊ばすのが楽しくて、宿題は三人とも後回しだ。

夕食では、レタスの上に、ミニトマトと一緒に桑の実が乗せてある。

「糖尿にいいらしいよ。インターネット情報だから、確かだよ」

順ママは、最近血糖値を気にしているお父さんに勧めた。

「本当かな。でも、懐かしい味だな」

と言いながら、おいしそうにつぎつぎと摘《つ》んだ。みんなで黒く染まった舌を見せ合って、子どものように笑った。琴音は、お母さんの口が大きいことに驚いて笑いが止まらなかった。

「このこ、昨日から何も食べないでころがっていたの。四回目の脱皮だよ」

と言ってテーブルに置いた琴音にお母さんはちょっと顔を歪めたが何も言わなかった。お蚕は、上向きにころがると、腹筋するみたいに頭を持ち上げた。脱いでる脱いでる、寝袋から出てくるように皮をぬいでいく。ひとさし指ほどの大きさになった。葉の食べ方も前よりも速い。

「五れいになったね。繭部屋の準備をしなくちゃあね」

そう言うと、おでこを叩きながら順ママは息を吐いた。考え事するときの癖だ。

広告の裏へ、将棋の盤のような四角の枡を書いていく。

「お蚕の数だけ四角の部屋を作る。大変やけど一週間以内やで。雄太くんらと作ってごらん」

次の日の朝には、お蚕は、ほとんど脱皮を済ませ、五れいになった。繭を作るために驚くばかりの食欲だ。一日中葉を食べる音が居間にひびいて、琴音たち三人は、せっせとダンボールを切っていた。雄太のアイディアで、二十階建ての紙マンションを組み立てることにしたのだが、三年の二人は、カーターナイフを使うのは初めてなので、中々うまくいかなかった。なにしろお蚕さんの数は三百十九匹と多すぎた。マンションは、三百室にして、残りは三本団扇を作ることにした。雄太は、デジカメで観察記録をとっていて、夏休み壁新聞を作る資料にしていた。一樹と琴音は、団扇を工作で出すことに決めていた。切り込みをはさみ合わせて、マンションを組み立てた。上をガムテープで壁に固定すると、琴音の身長と同じになった。竹の骨だけにした団扇は、天井と水平につるした。

「やったー」

切り傷にバンドエイドを巻いた手をタッチさせながら三人は、完成を喜んだ。

次の日、雄太と一樹は、ラジオ体操の後、やってきた。ほとんどのお蚕さんの足が黄色っぽくなっていた。二十匹ほどが上の階に上って、頭をくにゃくにゃと動かし八の字を書くように口から糸を出していた。雄太が、一部屋に二匹いたうちの一匹を別の部屋に移した。天井から吊るした、それぞれの団扇の骨の上に六匹ずつ載せた。こうすればお蚕が団扇の上を行ったり来たりしながら糸を出していくので絹張りの団扇になる予定なのだ。どのお蚕も、繭作りの基礎ができると、お尻を外に突き出し最後のウンチをした。ぐじゅぐじゅで白かった。自分の部屋を汚さないなんて偉いなと琴音は思った。

お盆に、集まった従兄弟たちに鼻高々で説明した。雄太と一樹も従姉妹を連れてきた。三人は、部屋を埋め尽くした真っ白い繭が自慢《じまん》で、色々な人を案内してきた。

「落ちてたー」

団扇作りに頑張っていたお蚕たちを返してもらうとそっと箱に入れた。桑の木の下に埋めてやるのだ。団扇は、少し隙間はあったけれど、お日様に当てると光って美しかった。でも、二人は無口だった。

夏休みも残り少なくなってきた早朝、繭の先が濡れていた。琴音は、二人に電話をかけて呼び、第一号を一緒に観察した。真っ白い体が出てきた。順ママは、蚕蛾が濡れた羽を乾かせるように箱を持ってきた。刻んだテッシュの上で、おしっこをして羽を乾かした。

「人間のために生きてきたので、飛べないんだよ」

と、話す順ママの声はいつもと違って湿っていた。目の見えない蚕蛾は、触角で感じたのか、羽をばたつかせながら歩いて一緒に孵《かえ》った仲間の中からメスを見つけると交尾を始めた。二匹は、いつまでもいつまでも交尾を続けた。アゲハの交尾よりもうんと長かった。一樹のお母さんが呼びに来た時……順ママは、二匹を離し「卵を産んでね」とつぶやきながら。メスを紙の上に置き、穴の開いた紙コップをかぶせた。

「お蚕さんの糸も使って、ランチョンマット作ろうか」

順ママの提案に子どもたちでお手製機織り機まで作ってしまった。

次の日は、轆轤《ろくろ》に鍋をかけて、羽化していない繭を入れ糸取りに挑戦した。三人は、経験者の順ママのように上手くいかず糸同士が絡んだ。琴音は、糸取りが下手《へた》なことよりも、湯がかれた蛹がかわいそうで涙が止まらない。

「蛾になっても、白い色は目立つし、飛べないので、すぐに鳥の餌になるんだよ」

人間の知恵が多くのものを生み出す過程で、他の生物の犠牲があることを孫の心に残すために、あえて糸取りを選ばせた順ママは言い放った。

「明日は、魚釣りに行こう。蛹は撒き餌《まえ》になるそうだ」

六年生の雄太は、明るく優しく二人を誘った。

# コウノトリの郷

「飛行船《ひこうせん》やー」

ラグビーボールのような船体《せんたい》を信号《しんごう》で止まっていた小学生たちが見つけた。西の空をどんどん巨大化《きょだいか》しながら近づいて来る。デパートの屋上《おくじょう》からなら手が届《とど》きそうだ。

「ぷっちょや　ぷっちょやー」

飛行船に手を振《ふ》りながら何人《なんにん》かの女子が輝《あきら》をチラ見する。丸顔で少し太ってきた輝に最《さい》近《きん》ついたあだ名の「ぷっちょ」は、陰《かげ》で言われていた「でぶっちょ」よりも傷《きず》つく。

輝は、クラスの列《れつ》から離《はな》れて全面《ぜんめん》がガラス張《ば》りのビルの前でしゃがんだ。ほどけていた靴《くつ》の紐《ひも》を結《むす》び直《なお》すと、クラスのみんなとは背中合《せなかあ》わせのガラススクリーンを見上げた。ここは、でっかい夕日を映《うつ》す母さんの大好《だいす》きなビルだった。今は、薄曇《うすぐも》りの空と飛行船全体《ひこうせんぜんたい》が映っている。

いよいよ始まった。ガラススクリーンの中の飛行船が、先頭部分《せんとうぶぶん》から本物の空に食べられて行く。少しずつ……ゆっくりゆっくりと。それは、まるでSF映画《えすえふえいが》の一場面を見ているようでわくわくする。ぷっちょな胴体《どうたい》に書かれた会社の名前もはっきり読める。飛行船のすべてが空に食べつくされた時……誰《だれ》かに押《お》された輝は、振《ふ》り向《む》く代《か》わりに息《いき》を吐《は》き出した。

空色だけに戻《もど》った窓《まど》ガラスに、何《なに》かが近づいて来る。鳥だ。本物の空と信じきっているのだろうか…………。どんどん大きくなって行く白い翼《つばさ》。時々、探《さが》し物をしているかのように左右に動く長い首と黒い嘴《くちばし》。

「危《あぶ》ない！」

輝の叫《さけ》び声に、白い鳥の黒い風切羽《かざきりばね》がビルの最上階《さいじょうかい》の窓をかすめてひるがえった。慌《あわ》てそろえ直した長い足は、立ち並《なら》ぶビルの谷間《たにま》を滑《すべ》るようにして消《き》えた。

南北の大通りを車が流れだす。

「青ですよー」

先生の合図で、列に戻った輝も横断歩道《おうだんほどう》を渡《わた》る。四年生三十一人の肩《かた》から下げた画板《がばん》がぶつかり合う音は鈍《にぶ》い。飛行船は、子どもたちの後ろの空で、ラグビーボールほどに縮《ちぢ》んでいた。


動物園での写生会は、白雪姫と小人が出て来る時計台の前から始まった。雨上がりのせいか人がまばらなので先生の注意事項《ちゅういじこう》もよく聞こえる。

「描《か》きたい動物が決まっても、直《す》ぐにエンピツを持つのではありません。まずはしっかりと観察《かんさつ》します。もちろん、弁当は十二時まで食べてはいけません」

その時、お腹が鳴ってしまった輝に全員が気付くと、先生の声が急に大きくなった。

「最後にもう一つ。動物に食べ物は絶対《ぜったい》にあげないこと!」

すると、鳩に餌《えさ》をやっていたおじさんが頭を掻《か》いたので、こんどはみんな口を開けて笑った。先生の話が終わると、男子はひとかたまりになった。

「トラにしようぜ」

「俺たちオオトカゲ」

「やっぱ、百獣《ひゃくじゅう》の王でしょう」

絵を描く場所の相談《そうだん》でだんだん大きくなっていく声。

男の子たちは、猛獣《もうじゅう》や爬虫類《はちゅうるい》のいる北園にまとまった。

「ぷっちょもええやろ」

黙《だま》っていた輝に顎《あご》をしゃくって聞いて来る。

「ぼくは南園にする」

輝には確《たし》かめたい事があった。それに同じトラを描くと下手《へた》なのが余計目立《よけいめだ》ってからかわれるのだ。

「またかよー」

男の子たちは、いつも独《ひと》り行動《こうどう》をしたがる輝を残《のこ》して走りだした。学校から近い天王寺動物園は、子どもたちにとって自分の庭《にわ》の様なものだ。四年生になれば、どの動物がどの場所にいるか、地図など見なくても大丈夫《だいじょうぶ》だった。

「ペンギンにしない？」

「だめだめ、今は赤ちゃんいないもん」

「じゃあカンガルー」

「キリンが描きたーい」

一番人気は、この春生まれた動物の赤ちゃんらしい。女子は結局《けっきょく》いつもの仲良《なかよ》しグループで移動して行った。

輝が向かった先は、南園の奥にある「鳥の楽園」だった。ビルの谷間を滑る様に消えて行った黒い嘴《くちばし》の鳥の正体を確かめたかった。

アウ　アウ　アウ　アウ
甲高い鳴き声は餌《えさ》をねだるアシカだ。
「ぼくも手伝ってくんならんか？」
お婆さんが声を掛けて来た。動物園の人らしい。頼まれた餌やりなら、先生に見つかっても大丈夫。輝は急いで画板とリュックを置くと。手押し車に乗せられたアルミの皿からアジの尾を抓んだ。

「ぜいご（ウロコ）が痛いしけ気をつけて持ちねぇ」

ウロコに気を取られているとぬるっとした魚の体は手から足元へと滑り落ちる。すると、すかさずアオサギが盗りに来る。サギは、近くで見てもさっき見た白い鳥よりも小さい。

「そーれ」

と、お婆さんの掛け声に合わせて、輝が一匹ずつ空中に投げていく。数頭のアシカの巨体が空中で一匹の魚を取り合って体をぶつけ合う。ぷっちょな首を振りながら、魚の飛んでくるタイミングを計るアシカに輝は親近感を覚えた。この体型なら、絵が下手《へた》でも簡単に描けそうだ。

「小さいアシカにもやってくんねぇ」

と、お婆さんが難しい注文をつける。岩の上では、サギも狙っている。

「１・２・のエィ！」

残念ながら、最後のアジはサギに盗られた。

魚を掴《つか》んだ手は洗った後も匂いが残っていた。

「これで拭《ふ》きねぇ」

お婆さんは首に巻いていた手拭いを輝に渡すと姿が見えなくなった。

「ええ？　いらんけど……これ」

「コウノトリ公苑」のロゴ入り手拭いは魚臭い。手拭をアシカ池の柵に結んで目的の「鳥の楽園」に急いだ。

「やっぱりやなぁー」

確かめたかった嘴《くちばし》は、黒ではなくて赤だった。ヨーロッパに沢山いるシュバシコウだ。コウノトリの仲間で、ヨーロッパでは赤ちゃんを運んでくるとして親しまれている。絶滅《ぜつめつ》危惧種《きぐしゅ》の日本のコウノトリとは、嘴の色以外は姿も大きさもそっくりの鳥なのだ。ビルの谷間を滑るようにして消えて行った嘴の黒い鳥は、天国の母さんと一緒に写っているコウノトリだったのだ。友達や先生は見なかった豊岡のコウノトリが大阪まで飛んで来たのだ。夕方のニュースでまた会えるかも知れない。足が軽くなると靴の紐《ひも》が又緩《ゆる》んだ。

雲の切れ目に六月の太陽が顔をのぞかせた。さっき魚を奪い合っていたアシカたちは、餌売《えさう》り場《ば》の見える岩棚の特等席に寝転んで日向《ひなた》ぼこをしている。お婆さんの手拭いは無くなっていた。この陸に上がったアシカなら、輝にも簡単に絵が描けそうだ。それなら急がなくても大丈夫。まずは腹ごしらえのベンチを探す。弁当を広げたのは、母さんが好きだったユリノキの下。今年も黄緑色の花をたくさん咲かせいている。父さんに作ってもらった不揃いのおにぎりは今日も美味しい。母さんが生きていたころから買っているアイガモと一緒に育った無農薬の米だ。

「やだやだ、お腹すいたよー」

ぬいぐるみの様なペンギンリュックを背負った女の子が、輝のそばでおしりを振り出した。輝の一番小さいころの母さんとの記憶のシーンと同じだ。輝はこのころからよくお腹のすく子どもだった。乳母車には、赤ちゃんが乗っている。

「お昼になってからね」

「だって、お兄ちゃん食べてるもん」

とうとうひっくり返ってしまった。アシカよりも大きな泣き声。しかたが無い。輝は残りのお弁当を片付けて女の子のそばに行った。

「あっちにペンギンさんいるよ。見に行く？」

女の子は、輝の誘いに頷《うなず》くと、自分でリュックの砂を払った。さっき泣いていたのがうその様にスキップしながら付いて来る。乳母車の赤ちゃんも足をばたつかせてごきげんだ。

白い岩山が見えて来ると、女の子が輝を追い越して走り出した。白ペンキで塗られたペンギンプールは、まるで南極みたいだ。でも、このペンギンの生息地は暖かい国のペルー。だから夏でも元気だ。

女の子は、両手を腰のところで曲げ、お尻を振って、ペンギンみたいに行ったり来たり。可愛いヨチヨチ歩きで背中のリュックもはずみだす。女の子を真似て、ペンギンたちもプールサイドを行ったり来たり。時々水に飛び込んで女の子をキャッキャと喜ばす。首を突き出して汗を拭いてもらう女の子。そんな母子を、輝はペンギンと一緒にじっと見ていた。

「次はコアラさんと遊ぼうか?」

お母さんは、冷房の効いたコアラ館を選んだ。お母さんと一緒にぺこりと頭を下げた女の子に輝は小さく手を振った。乳母車の運転手が笑顔の女の子に代わった。

女の子が居なくなると、ペンギンが休憩に入った。首をかしげて突っ立っている。

「可愛いのはやっぱしこっちやな」

輝は、絵のモデルをアシカからペンギンに変更した。画板を膝に置いて、お腹が正面向きのペンギンを一羽選んで腕を組む。

「嘴《くちばし》は黒。首は模様入り。ぷっちょのお腹は白。フリッパーの手は黒。背中も足も黒」

これなら絵の具もたったの二色で済む。観察に時間をかけたので絵が半分でき上がった気分だ。残していた弁当を食べていると、背中から伸びてきた手が何も描いていない画用紙を持ち上げた。見回りに来た先生だ。

「今日中に仕上がりそうもないねぇ」

先生は、落ちていたエンピツを画板に置くと、眼鏡を外して拭き出した。ちょっと怒りたいのを我慢しているときの癖だ。先生の腕時計は正午を過ぎてた。「やばい」動物園で絵が仕上がらないと……土日の宿題になる。

「でも、ペンギンなら宿題になるほども時間はかからないか？」

先生の言い方は、目の前のペンギンに失礼だ。

「お茶を飲んだらすぐにやるので大丈夫でーす」

輝は口を尖らせて先生を追い払った。

「一杯だけ飲ましてくんならんか？」

返事を待たず水筒の蓋《ふた》を取ったのは、首に手拭いを捲《ま》いたあのお婆さんだった。よほど咽が渇いていたのか、カタカタと歯の音を立てながら飲んでいく。

「ごちそうさん。でも、これはお茶と違うがな。先生に嘘をついたらあかん。人間正直が一番だで」

ジュースを全部飲まれた上に説教されて睨《にら》み付ける。

「はよう描かんな宿題にされちまうでぇ」

お婆さんは、輝が先生に言われたことを全部聞いていた様だ。

まず、黒い嘴から描き出す。

「それじゃぁ、魚が獲れんだでぇ、もっと口をとがらして。ほれ、ここまであるだらぁ」

輝は、お婆さんの指した「ここまで」に嘴《くちばし》を伸ばした。

「よう似てきたわいや」

ちってても似ていないけどお婆さんは嬉しそうだ。絵が苦手な輝にとって、フンボルトペンギンの顔や首の模様は、複雑すぎた。体をとばして足を描く。

「おかしい　おかしい。もうちょっと足は長い方がええ」

おかしいのはお婆さんの目だ。どこから見てもペンギンの足は短い。でも、今度もお婆さんの言う通りに足を描き直した。そんなこんなで、胴の横にある腕の様なフリッパーも大きな羽のようになってしまいとてもペンギンには見えない。

「大丈夫だでぇ。後は絵の具で心を込めて仕上げて行ったらええだ。最初は白い所だけ塗って後で塗る黒と混じらんやぁにすりゃあええだ」

お婆さんに教えられたように白い色を乾かしながら黒を足していく。でも、ペンギンたちが次々にプールに飛び込んで行くのでモデルが全部いなくなった。

「あそこを見てみねぇ」

お婆さんは、岩場の影で、もぞもぞと足踏みをしている一羽のペンギンに手を振った。ペンギンはフリッパーをばたつかせながら、お尻を振って糞を撒《ま》き散らせながらゆっくりと近付いて来た。「気を付け」をした後、二拍手一礼。まるで神社のお参りの様でおかしい。

真似をした輝に「ギャーギャー」とペンギンが喧嘩を売って来た。でもお婆さんは、

「先月から抱いてもらってただぁ。もうそろそろだで、迎えに来ただ」

と意味の分らないことを言って、にこにこしている。ペンギンが、自分の足の前に何やら出して来た。白いボールのように見える。ペンギンが突然、その白いボールをキックした。

「危ない！」

お婆さんの前に飛び出した輝。ナイスキャッチ。お婆さんにはぶつからなかった。が、なんとそれは、ボールでは無くて……ペンギンの卵だった。握りこぶしよりも大きい。すぐに振り向いたのに飼育係らしいお婆さんの姿は、今度も消えていた。

大変だ。画用紙の上に絵の具の水入れがひっくり返っていた。せっかく半分描けていたペンギンがお化けになった。持ち上げた画用紙から、黒い水が筋になって垂れた。

「まっ、いいか」

始めから、絵の出来はどうでも良かったのだ。頭の中は、絵のことより、卵のことでいっぱいになっていた。一年生になったばかりの時、布団の中で三日も抱いていたニワトリの卵を潰してお母さんに笑われたことを思い出していた。それが母さんの笑顔を見た最後だ。次の朝突然に母さんとの別れが来るなんて……交差点での事故だった。

卵は落としたら割れてしまう。とりあえず、ベルトを締めなおして、ジャンボ卵を首か

らシャツの中に滑り込ませた。これなら誰にも気付かれず、家に持って帰れる。脇の下が汗ばんで来る。嘘をつく時に出る冷たい汗よりも少し温かい。

夕方のテレビニュースにコウノトリの映像が流れることは無かったが……父さんはコウノトリが大阪の空を飛んだことを信じてくれた。

「輝が生まれる前だけど、父さんも母さんとコウノトリを見たことがある。大きな美しい鳥が空を飛ぶ姿に震えた。ここでは薬を使わないで虫や雑草に負けないおいしい米を作っていた。コウノトリと人間が一緒に住めるということは、コウノトリの餌《えさ》になる生き物がたくさんいるということだ。ミミズや蛙やドジョウやフナや。家のご飯が美味しいのは無農薬で安心だからだ」

父さんから聞くコウノトリの話にご飯が進む。毎月宅配で届く当たり前だったコウノトリの米袋。父さんが出して来たアルバムの最初のページには石碑の横で片エクボの母さんが笑っている。

「滅びゆくものは　みな美しい。しかし　滅びさせまいとする願いは　もっと美しい
兵庫県知事　坂本　勝」と彫られた御影石《みかげいし》と若い母さんが写ったA４の写真は父さんの本箱へ静かに戻された。

夕食の食器を片付けると、輝はテレビのナイターを観ている父さんの斜め前に、正座をした。頼みごとをするときの姿勢だ。

「ねえ、もしもだけど、ペンギンもらえたら……飼ってもいい？」

父さんは少しの間輝と目を合わせた後、又テレビの画面に戻した。あまり驚いていないようだ。父さんの好きな選手が三振した後、雨で試合が中断。半分期待しながら輝は返事を待った。飲み終わった缶ビールを少しへこませた父さんに輝はしだいに不安になって来た。

「何処《どこ》で飼うつもりだ？　ここはマンションだぞ」

やっと口をきいてくれたけれど目は笑っていない。

「お風呂場」

浴槽ならペンギンが水遊び出来る。輝の知恵を絞った名案に父さんは笑い出した。

「かわいそうだろ。あんな狭い所では」

「でも、朝晩散歩に連れて行く。ねぇ、いいでしょ」

手を合わせて強引に頼む。輝は、父さんと一緒にテレビで豚の散歩やサルの散歩を見たことがあった。それなら、ペンギンだって……。

「餌はどうする？」

父さんが立ち上がった。出張の準備にかかるのだ。ここで諦める訳にはいかない。何しろ卵はもうもらっているのだから――。

「魚屋さんで売れ残りをもらう」

と、しつこく食い下がる。市場の中の魚屋は、父さんのお姉さんが働いている店で、今までも残った魚をもらっていた。

「いつもいつも、ただと言う訳にはいかないやろ。ペンギンの魚は、人間の食事代より高くつくんや」

お金の話になると、子どもの輝は何も言えない。父さんは、毎晩二本だった缶ビールを、最近一本に節約して輝の塾の費用に充てているのだ。

父さんは、半泣きの輝のおでこを突きながら、

「それに、ペンギンのウンチの世話は、とても輝には無理だ」

と笑いながら話を終らせた。

父さんは、背広に着替えると、仏壇に手を合わせた。

「伯母さんに頼んでも無理なものは無理だからな」

父さんは、出張で留守にする時はいつも、近所に住む伯母さんに輝のことを頼んで行く。

輝は、磨いておいた皮靴を揃えた。父さんの乗る夜行バスの発着所は、歩いて直ぐのター

ミナルにある。動物園での出来事を話しながら送って行く。父さんは、時々声を立てて笑いながら輝が大事そうに抱いている卵を服の上から擦った。

「じゃあ、宿題の絵が描けたら、卵は動物園のお婆さんに返しておくこと」

と、念を押してバスに乗り込んだ。満杯にお客さんを乗せた夜行バスのドアが閉まると、窓ガラスに父さんの大きな手が張り付いた。一つ目の交差点を右に折れたバスは、すぐに輝の視界から消えていった。

「これこれぼく、こんな時間に何しとるだ?」

止まっていたトラックの荷台から顔を出して輝を呼び止めたのは、動物園で出会ったお婆さんだった。トラックには、黒い牛とコウノトリが一緒に描かれていた。

「早よ、乗んねぇ。聞きたいことがあるしけ」

お婆さんに急かされるままに、輝はトラックに乗ってしまった。ペンギンが蹴った卵のことに違い無い。

突然、トラックが動き始めた。

積んであった藁《わら》の上でお婆さんが揺れた。輝は、こけないように鉄の柱にしがみついた。牛の首綱を止める柱なのだろうか何かで擦れた痕がある。

「立っとったら危ねぇしけ」

言われるままに藁《わら》の山に座ると、臭いけれどもなんだか懐かしい感じもする不思議な匂いが鼻の奥をくすぐる。

「牛の匂いだしけ。ええ匂いだろうがな」

鉄格子のはまった窓を、色とりどりの街のネオンが川のように流れて行く。輝の住んでいるマンションも伯母さんの家も学校もとっくに通り過ぎていた。

「誘拐？」恐怖で一杯の頭の中に、父さんや母さん・伯母さんに続いて現れたのは、意外にもクラスの友だちの顔だった。母さんが亡くなってからは、家の手伝いを理由に、いつも友だちの誘いを断って来た輝。心配そうなみんなの顔が渦を巻く。一緒に遊べる日が来るのだろうか……。不安で頭が真っ白になった。唾を飲み込んで胸に手を当てると今まで聞いたことも無い速さで心臓が鳴る。

「ぼくに……何が聞きたいのですか？」

輝の声がやっと出た。

「ぼくに、二回も命を救ってもらってたお礼を言わなならんで、トラックに乗ってもらったただ。本当におおきに」

と、お婆さんは頭を深く下げた。白くて長い首に驚く。

「それに、命の恩人に見せてぇ景色があるだ」

こんな恐い思いをしてまで見たい景色など輝には無い。それに、輝がお婆さんを助けたのは、ペンギンに卵をぶつけられそうになった一度だけだ。対向車のライトが輝たちの姿を捉えた時、お婆さんの目の周りが赤く光った。

「お腹の卵を出してくんねぇ」

輝は、おそるおそるベルトを外し、お腹からペンギンの卵を出した。雲がのいて、満月が藁山を青白く浮き上がらせた。

「もう、心配はいらんだーでぇ」

「がんばるだでぇ」

お婆さんは、藁の上に置いた卵に、繰り返し話しかけた。

コツコツ　コツコツ
そのたびに卵が殻を突いて返事をする。

やっと、一つ目の穴が開いた。命が生まれる瞬間が刻々と近づいているようだ。卵が少しずつ移動する。

「休んだり向きを変えたりしながら……頑張っとるだぁ」

お婆さんに話しかけられても輝の体は、まだ硬いままでどきどきが続いている。

「だれだって産まれてくる時はしんどいだ。ほれ、がんばんねぇ」

お婆さんがいくら励ましても、二つ目の穴はなかなか開か無い。

「ところで、ぼくの一番の願いはなんだぇ？　勉強がよう出来ることかぇ？」

と、お婆さんが輝の横に来て尋ねた。

「ううん。……家に帰りたい。帰れる？」

向き直って聞く。

「心配いらん。明日になったら帰れるしけ。お父さんには心配かけへんだ」

優しい声に戻っている。それに父さんのことも知っているので、少し安心だ。輝の体から恐怖のぶつぶつが消えて行く。

「他に願いごとはねぇだか？」

急に言われても返事に困る。からかう友だちのこと、天国の母さんに逢いたいこと等お婆さんに言っても仕方の無いことなのだ。

「うんうん」

何も言わない輝に、お婆さんは合点した様にうなずいた。

「この調子だと、朝にならんな産まれそうもないで、ぼくは眠っときねぇ」

お婆さんに言われて、輝は藁布団《わらぶとん》で朝まで寝て待つことにした。

トラックは、真っ暗な山の中をノンストップで走っている。北に向っているのだろうか？

窓から北斗七星がついてくる。

カタカタカタ　輝は、お婆さんの打ち鳴らす歯の音を数えながら、いつしか深い眠りに入っていった。


輝は朝の光に起こされた。卵は、先の丸い方にぎざぎざの亀裂が入って来た。いよいよペンギンの誕生だ。

殻の中で縮《ちぢ》こまっていた雛《ひな》の足がもぞもぞと伸びてきた。赤くて長い足だ。首が突き出し、殻が大きく割れた。頭に卵の殻を乗せて出て来たのは、真っ白な羽毛に包まれた雛だった。でも、これはペンギンでは無い。輝は雛のペンギンを動物園で見たことがあったのだ。黒くて長い嘴《くちばし》に長い足。これは日本コウノトリだ。ビルの窓にぶつかりそうになったあの鳥と同じコウノトリだった。

輝は、目を擦った。お婆さんがいないばかりか、雛がかえった場所も、自分のいる場所もトラックの中の藁山ではない。そこは、目もくらむ高い松の木のてっぺんにある鳥の巣だった。

ピーヨ　ピーヨ

雛《ひな》の鳴き声に遠くの空を飛んでいたコウノトリが気づいた。大きな翼を細かく振りながら空から降りて来る。輝を掴《つか》んで攫《さら》って行くぐらいの大きな鳥だ。翼をゆっくりとたたんで輝のそばで小枝を掴むと早口言葉の様にクチバシを打ち鳴らした。

カタカタカタカタ　クタクタクタクタ　グタグタグタカタ

威嚇しているようでもあり誰かを呼んでいるようでもあり喜びの雄叫《おたけ》びの様にも聞こえるコウノトリのクラッタリング。傍で聞くと動物園のコウノトリと違って怖い。親鳥かも知れない。輝は、松の枝を伝って下りて行く。何故か、下になるほど霧が濃くなって来た。視界が悪い上に、松葉は尖っているのでぷっちょのお腹に刺さると痛い。何度か木肌で手足を擦《こす》りながら、やっと地面に着いた。そこは、自分の足も見えにくい程の真っ白な世界。まるで天国の様だった。が、それは変だ。輝は下に降りて来たのだから――。

こうなったら、お婆さんの「明日になったら帰れるしけ」を信じて、時が過ぎるのを待つしかなかった。

大きな白い太陽が、霧の中に浮かんでいた。目が慣れてくると、少しずつ近くが見えて来た。葦《あし》の茂った湿地に何やら動くものがいる。前方を見つめながらゆっくりと水の中を歩いて行く。近づいて見ると、それは右の風切羽《かざきりばね》が傷んでいるコウノトリだった。どこかにぶつかったことがあるのだろうか？　少し開いた嘴《くちばし》を、何度も何度も水の中に入れ直す。

コウノトリの一メートルほど前で魚が跳《は》ねる。その瞬間、長い首が伸びた。大成功。つかまえたのは小さなボラ。円山川の湿地には、海と川の両方の水が流れ込んでいる。せっかくの獲物《えもの》を吐き出した。海の魚は嫌いの様だ。だ。今度は大きなフナを捕まえた。

「ウーンモォ〜」

牛の大きな鳴き声で、今まで辺りに立ち込めていた霧が、幕が上がるように下から消えて行った。さっき輝が目を覚ました鳥の巣でコウノトリが立ち上がると、雛の甲高い鳴き声が聞こえて来た。湿地で魚を食べていた羽の傷んだコウノトリの首が動いた。足をちょっと曲げ、輝の方を見て足で地面を蹴《け》った。たった三回の羽ばたきでいっきに松の木の高さを越え、やがて羽を折りたたんで雛の待つ松の木に下りて行った。今食べた魚を胃で消化してから吐き戻しているようだ。鳴き続けていた雛の声が止んだ。

遠くの赤い鉄橋の下で牛の親子が水浴びをしているのが見えた。輝は緩《ゆる》んだ靴《くつ》の紐《ひも》を結び直して鉄橋に向って歩き始める。まだ乾ききっていない靴は歩きにくいしお腹も空いていた。線路伝いに歩くと大阪の家まで何日かかかるのだろう。頼りにしていたお婆さんがいない上にお金もないので歩くしかない。子牛を連れた母牛の尾っぽが容赦なくアブを追い払っている。子牛は、母牛の尾のもじゃもじゃに当たると、ひょいと体を捻《ひね》る。その横をコウノトリが擦れ違って行く。輝は、初めての田舎で迷子になっているのに何故か心が弾んで来た。

山の方から、竹篭《たけかご》を背負った女の子が下りて来た。輝と同じぐらいの背丈《せたけ》だ。

「こんにちは」

輝は、思い切って声をかけてみた。

笑うと女の子の頰《ほほ》に縦長のえくぼが出来た。小さいころ布団の中で薄目を開けて見ていた母さんと同じ右の片えくぼだ。輝は、女の子と一緒の土手に座った。輝の靴の上を越したアマガエルは、赤い鼻緒に潜り込んだ。女の子が履《は》いていたのは、藁《わら》で編んだ草履《ぞうり》だった。今まで嗅《か》いだことのない、湿った山の空気の中で輝は自分がずいぶん昔の世界で迷子になっていることに戸惑《とまど》っていた。

女の子は、そばに生えていた草の芯を抜き取ると、篭《かご》から出した赤いヤマツツジの花をその茎に通していく。山ツツジの花輪が出来上がった。花輪を持った女の子は、水辺で草を食べている親牛に近付いた。女の子の顔を舐《な》めまわす牛の舌は長い。花輪は、角を下げた牛の首に掛けられた。その山ツツジの花輪を子牛がムシャムシャと食べて行く。

「おいしい」

女の子にもらった山ツツジは、甘酸っぱくてリンゴの様な味だ。

竹の皮に形のいい白い三角。女の子の弁当は、父さんの作ってくれるおにぎりと一緒の味だった。輝は、ぷっちょになったお腹を擦りながら土手に寝転んだ。

四方の山が額縁の様に青空を囲んでいる。一番初めにその額に飛び込んで来たのは、風《かざ》切羽《きりばね》の痛んださっきのコウノトリだった。

「おめでとうハナ」

そのコウノトリに女の子が声を掛けた。

「ハナは、幾つも卵を産んだのに、一度も孵《かえ》せなかったの。そのうちに餌《えさ》も捕れなくなって痩《や》せていってたのに……しばらく姿を見せなかったので心配していたの。でも、今朝、雛《ひな》が生まれていてびっくり。あなたが届けてくれたのね。ありがとう。ほら、ハナもお礼を言ってるわ」

と、女の子が指をさすと、コウノトリが山の額の中で丸を描いた。……お婆さんは、コウノトリのハナだったのか……。さっきまで混乱していた輝の頭の中のもやもやが消えていく。河原から次々に飛び立つコウノトリ。風を受けた黒い風切羽《かざきりばね》がグライダーのようにハナの高さで擦れ違って行く。コウノトリたちの舞いは、空が茜色に変わるまで額縁の中で続いた。ハナは、この日最後の魚を口に咥《くわ》え、雛の待つ巣に帰って行った。

夕日の頭が消えそうになった時、女の子が輝の手を握って言った。

「家に帰れる方法はただ一つ。汽車が鉄橋を渡る時、目を閉じていること」

二人は、赤から薄墨色に変って行く鉄橋を見上げながら、手を繋《つな》いでその時を待った。どきどきしながら……。やがて鉄橋が闇に融けて行き、列車が線路を揺らす音が近づいて来た。少し手が冷えてきた女の子に、輝は声をかけようとしたけれど……もくもくと吐き出す貨物列車の煙に邪魔をされた。その時、何処《どこ》からか懐かしい声が聞こえて来た。

「輝、目を閉じなさい。薄目は駄目よ」


「おはようございます」

輝の声が誰もいない教室に響わたった。四年生になって初めての教室一番乗りだ。窓を開けると、二階の窓まで枝を伸ばしている桜の葉に昨夜の雨が乗って光っている。

教室の後ろの壁には、題名の付いた動物の絵がぎっしりと貼られていた。輝は、丸めていた画用紙の折り癖を取ると、絵と押しピンを持って棚の上に立った。一人分だけ空けてあった場所に絵を貼る。宿題になっていた動物の絵だ。

「すごい。本当にぶっちょが描いたんか？」

「翼がカッコいい。本当に飛んでいるみたいやわ」

「能ある鷹は爪を隠す。能あるぶっちょが爪出した――やなぁ」

「どれどれー」

みんなが次々にコウノトリの絵の前に集まって来た。先生も腕組みをして何度も頷いた。

「頑張って描いてきたね。生き生きと描《えが》けていて、今にも絵から飛び出して来そうや」

輝は、久し振りに先生や友だちに褒《ほ》められたので、嬉しくてたまらない。あだ名のぷっちょも今日は全然気にならない。「ぷっちょ」コールに押されて頭をかきながら、絵の前に立った。夕焼け空をたくさんのコウノトリが舞っている。一番大きなハナは、四つ切りの画用紙からはみ出して飛んでいる。高い松の木で、大きく口を開けている白いもこもこはハナの赤ちゃん。

「ここは何処？」

みんなは、輝が絵に描いた場所を知りたがった。

「コウノトリの郷」

滅びさせまいとする地元の熱い願いを頬《ほほ》を染めて語る輝には、絵の中の羽の音が聞こえていた。

# あはぁーたれ

一　目覚まし時計　よりちょっと早い
「コケコッコー」に　起こされる
ぎょうさん産まな　食ったるでぇー
脅す子どもに　母ちゃんの
「あはぁーたれが」の声が飛ぶ

二　歩き難いと　素足で田んぼ
入りゃ五匹も　蛭《ひる》がいた
にっくき山の　吸血鬼
泣いて騒げは　母ちゃんの
「あはぁーたれが」の靴が飛ぶ

三　牛の草刈り　得意になって

あはぁたれ

素手で掴《つか》んで　アイタタタ
ススキで切った　手のひらに
ヨモギを揉《も》んで　母ちゃんは
「あはぁーたれが」で　血を止めた

# 母の海

一

岩海苔《いわのり》摘《つ》みに　仕事を休み
母が櫓《ろ》をこぐ　舟に乗る
岩場の松を　朝日が起こし
海に落ちてく　白い雪
寒いだろうと　帽子《ぼうし》を渡す
白髪頭が　黄金色

二

黒い長靴《ながぐつ》　荒縄《あらなわ》捲《ま》かす
滑《すべ》る岩場の　母の知恵
一歩一歩に　両手もついて
灰《はい》をまぶして　海苔《のり》を摘《つ》む
赤い両手に　息吐《は》くときに
波が海苔玉《のりだま》　攫《さら》ってく

三

腰を伸ばして　見た黒雲が
西から小雪　連れて来た
錨《いかり》をあげた　漁師の母と
漕《こ》ぎ手《て》代われば　揺《ゆ》れる舟
岩でカモメが　こちらを見てる
沖の白波　追って来る

母の海

# なんか　ええよね

一
いっこちゃんは　かかし
首の手ぬぐい　ヒラヒラさせて
頭垂れてく　稲穂を守る
泥《どろ》で子どもら　髭《ひげ》を描く
なんか　ええよね
なんか　ええよねー
ここは　星降る　山ん中
なんかええよね
なんかええよねー

二
いっこちゃんは　かかし
肩でカラスが　カアーカアー歌い
子雀《こすずめ》たちを　退散《たいさん》させりゃー

つるべ落としの　鐘《かね》一つ
なんか　ええよね
なんか　ええよねー
夜は真っ暗　山ん中
なんかええよね
なんかええよねー

三

いっこちゃんは　かかし
ご苦労さんに　手足を揃《そろ》え
村の祭りの　ドンヒャラ聞いて
藁《わら》の布団《ふとん》で　夢を見る
なんか　ええよね
なんか　ええよねー
ここは雪降る　山ん中
なんかええよね
なんかええよねー

# 恋じまい

一
恋の重さを　比べっこした
川のほとりの　シャボン玉
今日は一人の　笑顔乗せ
風が優しく　攫《さら》ってく　攫ってく
あなたと私の　恋じまい
あなたと私の　恋じまい

二
逢《あ》えないときは　淋しかったと
叩いた胸は　虹の上
光の中で　掴《つか》んだかけら
指を抜《ぬ》けてく　山桜　山桜
あなたと私の　恋じまい
あなたと私の　恋じまい

三
散った花びら　戻せるなんて
そんな夢など　もう見ない
花の筏に　あなたを乗せて
今日に「さよなら」「さよーなら」
あなたと私の　恋じまい
あなたと私の　恋じまい

# 白いフクロウ

一
オーロラ出れば　会えそうな
風も七色　北の宿
心の傷に　相槌《あいづち》打って
ホーホーホーホ　ヤイサマネーナ
熊を彫《ほ》ってる　お爺《じい》さん
フクロウ呼んで　くれている

二
雲が星空　濡《ぬ》らしたら
息がキラキラ　凍りだす
オーロラ出ない　淋しい夜は
ホーホーホーホ　ヤイサマネーナ
宿にフクロウ　鳴きに来る
覚えた歌を　褒《ほ》めに来る

三

オーロラ食べて　首を振る
白いフクロウ　十字架の上
あれはカムイの　お使いなのか
ホーホーホーホ　ヤイサマネーナ
恐れ多いが　ふれ伏さず
合った瞳が　懐かしい

白いフクロウ

# ナマコのうた

一
神在る月の　出雲《いずも》の沖で
波に方言　ざわざわ混じる
そこのおいどが　でかくて見えぬ
大阪弁で　笑い泣きする
クラゲの下に　いたナマコ

二
ちょっと神様　ナマコの願い
聞いてあげてと　クラゲが踊《おど》る
岩に頭を　擦《す》りつけながら
せめて一晩　手足が欲しい
何をするやら　見てみたい

三
縁《えん》を結ぶと　轟《とどろ》く大社

赤い袴《はかま》の　クラゲを連れて
月の参道　ナマコが歩く
賽銭箱《さいせんばこ》に　真珠を一つ
美人妻をと　もう一つ

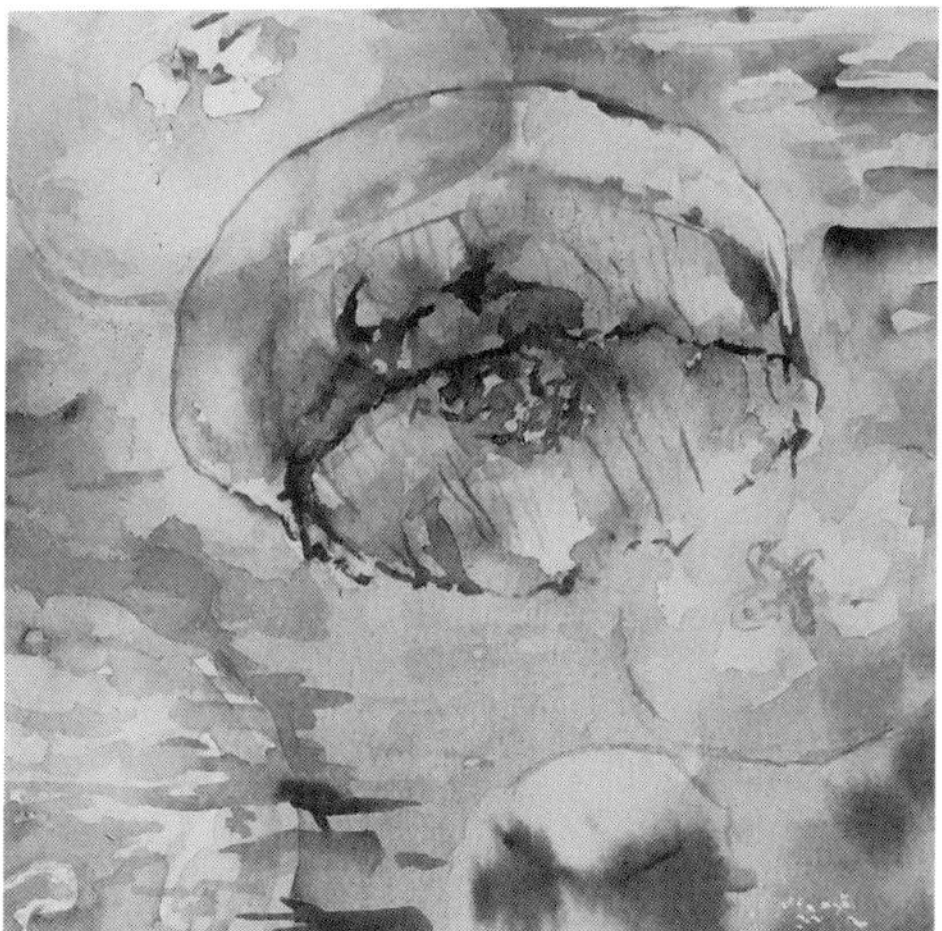

# 鉄橋哀歌《あいか》

一
赤い　毛糸の　綾取《あやと》りで
五段　梯子《ばしご》を　縦《たて》にする
春は　黄菖蒲《きしょうぶ》　隠《かく》れ咲き
列車が　早苗《さなえ》　撫《な》ぜてゆく
ああ　余部《あまるべ》　鉄橋の村

二
青い　毛糸の　綾取りで
網を崩《くず》して　橋にする
夏は　漁火《いさりび》　雷雲を
払えば　列車　海照らす
ああ　余部　鉄橋の村

三
黄色　毛糸の　綾取りで

山のトンネル　川にする
秋は　祭りの　榊《さかき》揺《ゆ》れ
トンビ鉄橋　潜《もぐ》ってく
ああ　余部　鉄橋の村

四

白い毛糸の　綾取りで
立派な指の　蟹《かに》にする
冬は　雪舞う　谷川は
逆《さか》さに　列車　走らせる
ああ　余部　鉄橋の村

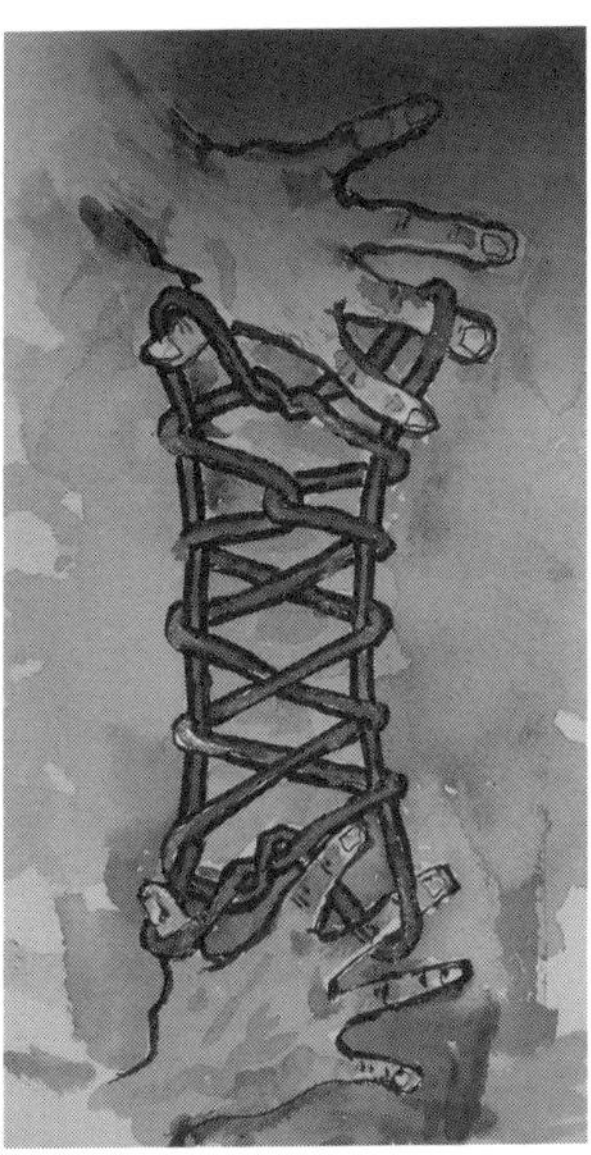

# 橋守《はしもり》

一
村を跨《また》いで　天を突《つ》く
余部鉄橋《あまるべてっきょう》　守ってた
足の下には　小さな我が家
ときには母に　手を振り返し
緩《ゆる》んだボルト　締《し》め直す
　あーぁ　橋守　橋守
　今も昭和の　夢を見る

二
蛍《ほたる》飛び交《か》う　谷川に
逆さ列車が　煙吐《けむりは》く
下駄《げた》で悪ガキ　橋脚《はしご》で遊び
ペンキの刷毛《はけ》を　落とせばすぐに
競って拾い　持って来た

あーぁ　橋守　橋守
列車通れば　揺れていた

三　頭の上を　ガタガタと
列車氷柱《つらら》を　落としてく
冬は危険な　鉄橋の下
通る人らに　一声掛けて
錆《さ》びたボルトを　取り替える
あーぁ　橋守　橋守
余部鉄橋　雪化粧

# 鉄橋の村

一　ザブンザブンの　大波小波
角《かど》がまーるい　石の浜
ここは故郷　帰って来たよー
風も涙の　味がする
ここでここなら　やり直し
きっと出来そな　波の音

二　ゆらりゆれてる　蜘蛛《くも》の巣払い
障子《しょうじ》破いて　張り替える
あっちこっちで　思い出拾い
写真の亡母《はは》に　手を合わす
ここでここなら　やり直し
きっと出来そな　月が出た

三

チリンチリンの　自転車止めて
昔馴染《むかしなじ》みと　座り込む
子どものころに　埋《う》めてた琵琶《びわ》が
鉄橋見上げ　熟《う》れている
ここでここなら　やり直し
きっと出来そな　顔ばかり

# 猫

一

あっちを向いてニャーオホン　こっちを向いてニャーオホン
近頃猫が　私に惚《ほ》れて
膝《ひざ》をねぐらに　甘い声
やだやだやだやだ　あーいやだ
生活リズム　マンネリ化
後は炬燵《こたつ》で　丸くなる

二

くしゃみをすると　ウケケケケ　笑い顔から　怒り顔
突然爪だし　引《ひ》っ掻《か》かれ
溜《た》めてた仕事　思い出す
やだやだやだやだ　あーいやだ
小雪ちらちら　舞いだした
猫の手借りたい　厨水《くりやみず》

三　床の柱をガリガリと　松の襖《ふすま》もガーリガリ
溜まったストレス　発散させて
後はテレビを　見てる猫
やだやだやだやだやだ　あーいやだ
友だち来ない　長い夜
愚痴《ぐち》が音符の　羽になる

猫

# 睨めっこ

一

ちょっと来てごらん
ちょっと覗《のぞ》いて　見てごらん
おまえみたいな　雨蛙
ピンクの薔薇《ばら》で　浮かぬ顔
遠くで雷　鳴り出した
心配しなや　よく眠れ

二

ちょっと来てごらん
ちょっと覗いて　見てごらん
おまえが空けた　障子穴
庭に迷子の　赤とんぼ
夕焼け空に　帰ってく
心配しなや　よく眠れ

三

ちょっと来てごらん
ちょっと覗いて　見てごらん
元気になれる　睨めっこ
カンナの花に　隠れてる
でっかい腹の　カマキリと
心配しなや　よく眠れ

睨めっこ

# 今年も神輿《みこし》は倉の中

一　扇風機《せんぷうき》　止めて太鼓《たいこ》の　桴《ばち》を持つ
僕と爺《じい》ちゃん　息ぴったりや
ドンツクドンツク　ドドドドドン
置いてけぼりの　祭りのハッピ
今年も神輿は　倉の中

二　雀斑《そばかす》も　お洒落《しゃれ》に見える　鬼百合《おにゆり》に
いっぱい出来た　子どものムカゴの
ぷくぷくぷくぷく　ころころころん
置いてけぼりに　日照りが続く
今年も神輿は　倉の中

三　雷が　ドドンと僕の　へそ狙《ねら》う

慌てて入る　蚊帳《かや》でスッテン
泣いている間に　雨やんだ
置いてけぼりの　虹は半分
今年も神輿は　倉の中

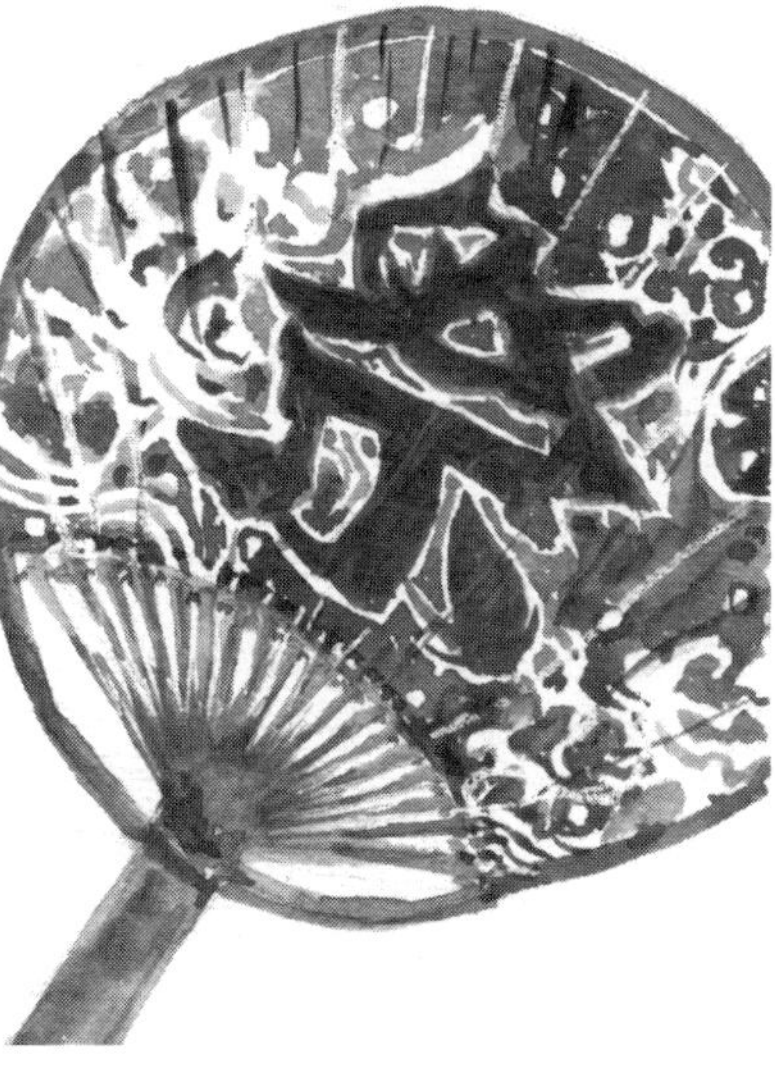

今年も神輿は倉の中

# あはぁたれ

——但馬物語——

2023年12月23日　初版第1刷発行

著　者　かすみ風子

発行者　溝江玲子

発行所　遊絲社


〒639-1042　奈良県大和郡山市小泉町3658

電話／ＦＡＸ　0743-52-9515

e-mail　anz@yuubook.com

URL http://www.yuubook.com/center/


印刷・製本　亜細亜印刷株式会社

ISBN978-4-946550-54-6　C8093